金瓶梅詞話

萬曆本

一

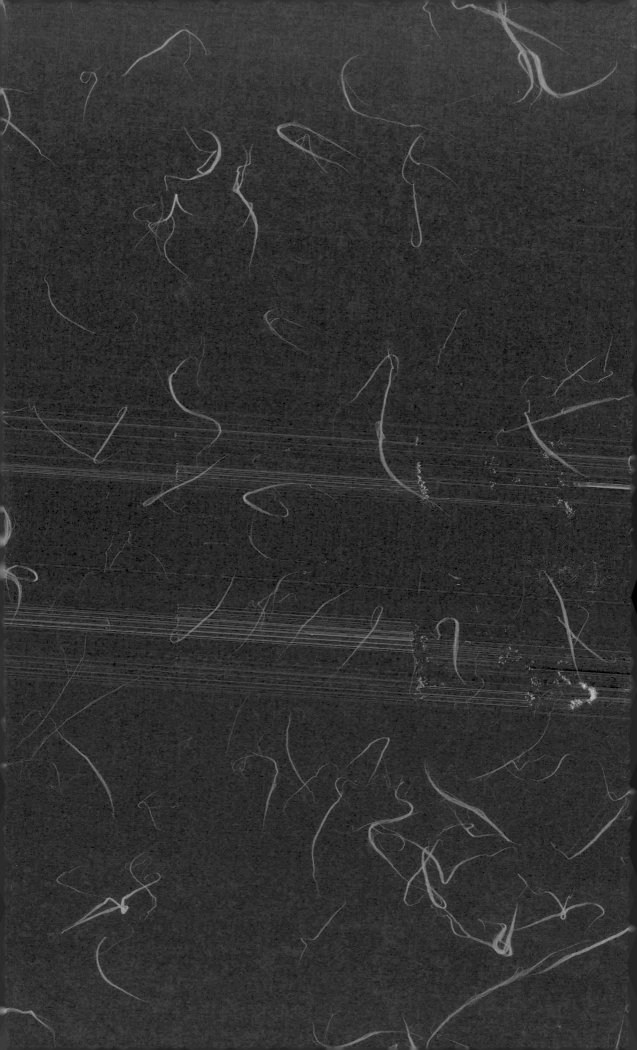

明萬曆丁巳刻本

金瓶梅詞話

聯經出版事業公司 景印

出版說明

一、《金瓶梅》這部小說是明末社會的寫真，描述世態人情淋漓盡致，在文學、社會學的研究上，都有可觀的價值。其作者，有王世貞及蘭陵笑笑生兩說，各有所本，迄無定論。

二、萬曆丁巳本《金瓶梅詞話》是《金瓶梅》一書現存的最早木刻本，共二十冊。民國二十年，北平琉璃廠索古堂在山西購得。胡適、徐森玉、馬廉等人得知，咸認此書應交由北平圖書館購藏，但以索古堂索價法幣一千元，如此高價，非北平圖書館預算所能核銷。乃邀集約二十位友人出資，委由北平古佚小說刊行會徵得索古堂同意，於民國二十二年三月影印一百零四部出售，出資人亦各認購若干部，籌得法幣九百五十元，遂能收購此一珍本，並捐贈北平圖書館典藏。目前此書珍藏在台北故宮博物院。

三、這一部聯經版的《金瓶梅詞話》就是依據傅斯年先生所藏古佚小說刊行會影印本，並比對故宮博物院珍藏的萬曆丁巳本，整理後影印，所以第一冊首頁右下方及第一回插圖首頁右上方各鈐有「孟真」陰文朱印一方。

四、萬曆丁巳本共十卷，每卷十回，分裝三函、二十冊；頁次每回由一起數，每面十一行，每行二十四字，朱墨二色套印。古佚小說刊行會本係縮印本，版式較原書略小，版心僅六・一吋乘三・八吋；聯經版則還原與故宮博物院珍藏本同大，版心為九吋乘五・六吋，外版口為十一・一吋乘七・二吋。

五、萬曆丁巳本《金瓶梅詞話》原無插圖，北平古佚小說刊行會影印本補入崇禎本木刻插圖二百幅，彙裝一冊。聯經版為求便利讀者，經參據《金瓶梅》版本各家考證，將崇禎本插圖影印分裝在每回之前，每回各兩幅，與馬廉藏崇禎本《新刻繡像金瓶梅》相同。

六、崇禎本插圖多有繪鐫者署名，除第一回第二幅左方有「新安劉應祖鐫」字樣外，其餘尚有：黃子立（第四回、三十四回、三十五回），劉啓先（第五回、七回、十四回、二十回、二十二回、二十七回、四十六回、四十七回、五十三回、五十四回、五十九回、六十四回、六十七回、七十二回、七十六回、八十三回、八十八回），黃汝耀（第三十一回、四十八回），洪國良（第三十七回、三十八回、四十一回、四十四回、八十二回）等四人。第一回第一幅插圖右下方鈐有「人生到此」陰文朱印及「雙蓮花庵」陽文朱印各一方。第一百回第二幅插圖左上方鈐有「三琴趣齋珍藏」陽文朱印一方。

七、崇禎本插圖回目與萬曆丁巳本《詞話》回目文字略有不同，崇禎本插圖回目上下聯字數均有對稱相等，萬曆丁巳本回目文字則有參差；聯經版為存其真，未加更易。

八、萬曆丁巳本《金瓶梅詞話》書眉及字行間間有朱筆批語，錯字及句讀不妥處也有朱筆校正。北平古佚小說刊行會本均用墨印，聯經版已據故宮博物院珍藏原刻本一一還原，以朱色印出，當更便於辨認研究，是聯經版的最大特色。

金瓶梅詞話序

竊謂蘭陵笑笑生作金瓶梅傳寄意於時俗蓋有謂也人有七情憂鬱爲甚上智之士與化俱生霧散而氷裂是故不必言矣次焉者亦知以理自排不使爲

累惟下焉者既不出了於心胸又無詩書道腴可以撥遺然則不致于坐病者幾希吾友笑笑生爲此爰釐平日所藴者著斯傳凡一百回其中語句新奇膾炙人口無非明人倫戒淫奔分

淑慝化善惡知盛衰消長之機
取報應輪迴之事如在目前始
終如脈絡貫通如萬系迎風而
不亂也使觀者庶幾可以一洒
而忘憂也其中未免語涉俚俗
氣含脂粉余則曰不然關雎之

作樂而不淫哀而不傷富與貴
人之所慕也鮮有不至于淫者
哀與怨人之所惡也鮮有不至
于傷者吾嘗觀前代騷人如盧
景暉之剪燈新話元微之之鶯
鶯傳趙君弼之效顰集羅貫中

之水滸傳丘瓊山之鍾情麗集
盧梅湖之懷春雅集周靜軒之
秉燭清談其後如意傳于湖記
其間語句文確讀者往往不能
暢懷不至終篇而掩棄之矣此
一傳者雖市井之常談閨房之

碎語使三尺童子聞之如飫天
漿而拔鯨牙洞洞然易曉雖不
比古之集理趣文墨綽有可觀
其他關繫世道風化懲戒善惡
滌慮洗心無不小補譬如房中
之事人皆好之人皆惡之人非

堯舜聖賢鮮不爲所䖏富貴善良是以搖動人心蕩其素志觀其高堂大廈雲窗霧閣何深沉也金屛繡褥何美麗也鬢雲斜嚲春酥滿胸何嬋娟也雄鳳雌凰迭舞何慇懃也錦衣玉食何

倅費也佳人才子嘲風咏月何
綢繆也雞舌含香唾圓流玉何
謚度也一雙玉腕綰復綰兩隻
金蓮顛倒顛何猛浪也旣其樂
矣然樂極必悲生如離別之機
將興憔悴之容必見者所不能

免也折梅逢驛使尺素寄魚書
所不能無也患難迫切之中顛
沛流離之頃所不能脫也陷命
於刀劍所不能逃也陽有王法
幽有鬼神所不能逭也至于淫
人妻子妻子淫人禍因惡積福

緣善慶種種皆不出循環之機
故天有春夏秋冬人有悲歡離
合莫怪其然也合天時者遠則
子孫悠久近則安享終身逆天
時者身名罹喪禍不旋踵人之
處世雖不出乎世運代謝然不

經凶禍不蒙耻辱者亦幸矣吾
故曰笑笑生作此傳者盖有所
謂也

欣欣子書于明賢里之軒

[illegible]

跋

金瓶梅傳。為
世廟時。一鉅公寓言。蓋有所刺
也。然曲盡人間醜態。其亦
先師不刪鄭衛之旨乎。中間處

處埋伏因果。作者亦大慈悲矣。今復流行此書。功德無量矣。不知者竟目爲淫書。不惟不知作者之旨。併亦寃却流行者之心矣。特爲白之。

枉公書

金瓶梅序

金瓶梅穢書也袁石公亟稱之亦自寄其牢騷耳非有取於金瓶梅也然作者亦自有意蓋為世戒非為世勸也如諸婦多矣而獨以潘金蓮李瓶兒春梅命名者亦楚檮杌之意也蓋金蓮以姦死瓶兒以孽死春梅以淫

死較諸嬪為更慘耳借西門慶以描
畫世之大淨應伯爵以描畫世之小
丑諸淫嬪以描畫世之丑婆淨婆令
人讀之汗下蓋為世戒非為世勸也
余嘗曰讀金瓶梅而生憐憫心者菩
薩也生畏懼心者君子也生歡喜心
者小人也生效法心者乃禽獸耳余

友人褚孝秀偕一少年同赴歌舞之筵衍至霸王夜宴少年垂涎曰男兒何可不如此孝秀曰也只為這烏江設此一着耳同座聞之歎為有道之言若有人識得此意方許他讀金瓶梅也不然石公幾為導淫宣慾之尤矣奉勸世人勿為西門之後車可也

萬曆丁巳季冬東吳弄珠客漫書於
金閶道中

新刻金瓶梅詞話

詞曰

閬苑瀛洲，金谷陵樓，算不如茅舍清幽。野花綉地，莫也風流，也宜春，也宜夏，也宜秋。酒熟堪酬，客至須留，更無榮無辱無憂。退閒一步，着甚來由，但倦時眠，渴時飲，醉時謳。

短短横墻，矮矮疎窓，忔憎兒小小池塘，高

低疊峯綠水邊傍也有些風有些月有些
凉日用家常竹几藤床靠眼前水色山光
客來無酒清話何妨但細烹茶熱烘盞淺
澆湯
水竹之居吾愛吾廬石磷磷床砌堦除軒
窗隨意小巧規模却也清幽也瀟灑也寬
舒懶散無拘此等何如倚闌干臨水觀魚
風花雪月贏得工夫好炷心香說些話讀

些書
浄掃塵埃惜耳蒼苔任門前紅葉鋪堦也
堪圖畫還也奇哉有數株松數竿竹數枝
梅花木栽培取次教開明朝事天自安排
知他富貴幾時來且優遊且隨分且開懷

四貪詞

酒

酒損精神破喪家語言無狀鬧喧譁疎親

慢友多由你。背義忘恩盡是他。 切須戒飲流霞。若能依此實無差。失却萬事皆因此。今後逢賓只待茶。

色

休愛綠髮美朱顏。少貪紅粉翠花鈿。損身害命多嬌態。傾國傾城色更鮮。 莫戀此養丹田。人能寡慾壽長年。從今罷却閒風月。帋帳梅花獨自眠。

財

錢帛金珠籠內收。若非公道少貪求。親朋道義因財失。父子懷情為利休。急縮手。且抽頭。免使身心晝夜愁。兒孫自有兒孫福。莫與兒孫作遠憂。

氣

莫使強梁逞技能。揮拳裸袖弄精神。一時怒發無明穴。到後憂煎禍及身。莫太過。

免災迍。勸君凡事放寛情。合撒手時須撒手。得饒人處且饒人。

新刻金瓶梅詞話目錄

劉二醉罵王六兒　張勝忿殺陳經濟

第一百回

韓愛姐湖尋父母　普靜師薦拔群冤

金瓶梅詞話目錄畢

第一回

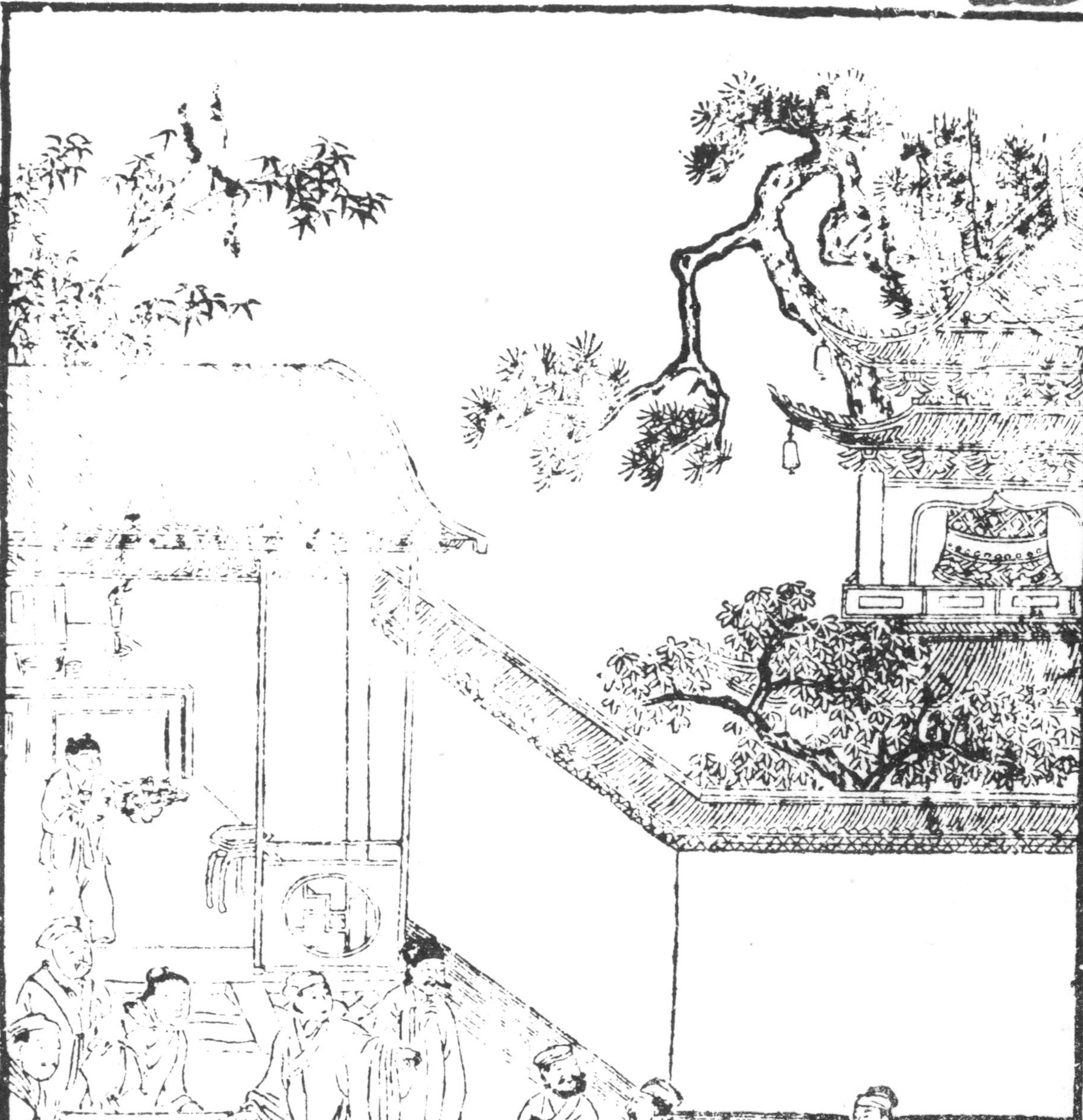

西門慶熱結十弟兄

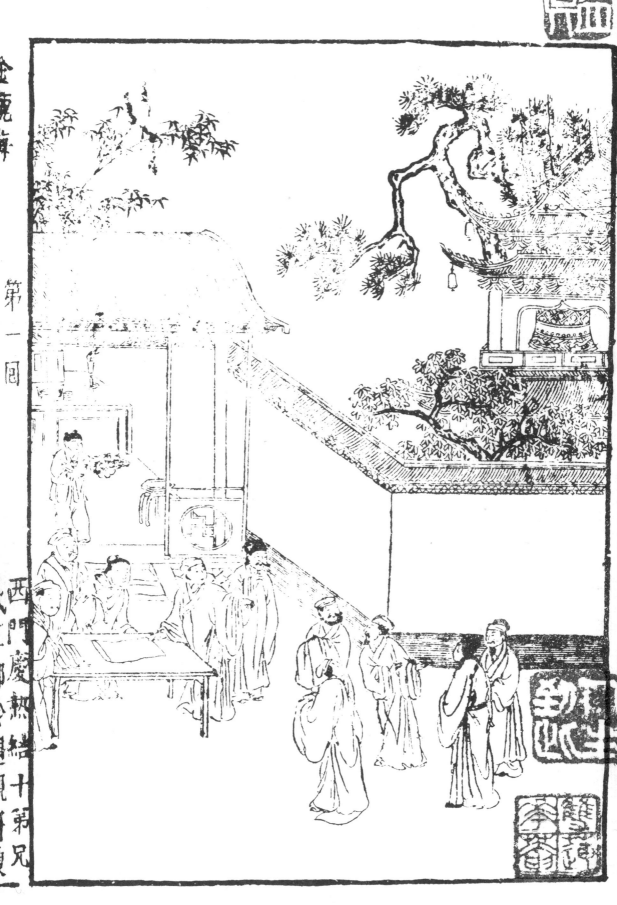

新安劉應祖鐫

新刻金瓶梅詞話卷之一

第一回

景陽岡武松打虎　潘金蓮嫌夫賣風月

詞曰。丈夫隻手把吳鈎。欲斬萬人頭。如何鉄石打成心性。却爲花柔。請看項籍并劉季。一似使人愁。只因撞着虞姬戚氏。豪傑都休。

此一隻詞兒。單說着情色二字。乃一體一用。故色絢于目。情感于心。情色相生。心目相視。亘古及今。仁人君子。弗合忘之。晋人云。情之所鍾。正在我輩。如磁石吸鐵。隔礙潛通。無情之物尚爾。何况爲人。終日在情色中做活計一節。須而丈夫隻手把吳鈎。吳鈎。乃古劍也。古有干將莫邪。大阿。吳鈎。魚腸。躅鏤之名。言丈夫心腸如鐵石。氣槩貫虹蜺。不免屈志于女人。題起當時西楚霸王。姓項名籍。單名羽字。因秦始皇無道。南修五嶺。北築長城。東塡大海。西建阿房。并吞六國。坑儒焚典。因與漢王劉邦。單名季字。時二人起兵。席捲三秦。滅了秦國。指鴻溝爲界。平分天下。因用范增之謀。連敗漢王七十二陣。只因寵着一個婦人。名喚虞姬。有傾城之色。載于軍中。朝夕不離。一旦被韓信所敗。夜走陰陵。爲追兵所逼。霸王敗向江東取救。因捨虞姬不得。又聞四面皆楚歌。事發。嘆曰。力拔山兮氣蓋世。時不利兮騅不逝。騅不逝兮可奈何。虞兮虞兮奈若何。歌畢。泪下數行。虞姬曰。大王莫非以賤妾之故。有費軍中大事。霸王曰。不然。吾與汝不忍相捨故耳。况汝這般容色。劉邦乃酒色之君。必見汝而納之。虞姬泣

曰妾寧以義死不以苟生遂請王之寶劍自刎而死霸王因大慟尋以自刭史官有詩嘆曰

拔山力盡霸圖隳　倚劍空歌不逝騅
明月滿營天似水　那堪回首別虞姬

那漢王劉邦原是泗上亭長提三尺劍硭碭山斬白蛇起手二年亡秦五年滅楚挣成天下只因也是寵着個婦人名喚戚氏夫人所生一子名趙王如意因被呂后妬害心甚不安一日高祖有疾乃枕戚夫人腿而卧夫人哭曰陛下萬歲後妾母子何所托帝曰不難吾明日出朝廢太子而立爾子意下如何戚夫人乃收泪謝恩呂后聞之密召張良謀計良舉薦商山四皓下來輔佐太子一日同太子入朝高祖見四人鬚鬢交白衣冠甚

偉各問姓名。一名東園公。一名綺里季。一名夏黃公。一名角里先生。因大驚曰。朕昔求聘諸公。如何不至。今日乃從吾兒所遊。四皓荅曰。太子乃守成之主也。高祖聞之。愀然不悅。比及四皓出殿。乃召戚夫人指示之曰。我欲廢太子。況彼四人輔佐。羽翼已成。卒難搖動矣。戚夫人遂哭泣不止。帝乃作歌以解之。

鴻鵠高飛兮羽翼。抱龍兮橫蹤四海。橫蹤四海兮。又可奈何。

雖有矰繳兮。尚安所施

歌訖。後遂不果立趙王矣。高祖崩世。呂后酒酖殺趙王如意。人彘了戚夫人。以除其心中之患。詩人評此二君評到個去處說劉項者。固當世之英雄。不免爲二婦人。以屈其志氣。雖然妻之視妾名分雖殊。而戚氏之禍。尤慘于虞姬。然則妾婦之道。以事

其丈夫而欲保全首領于牗下。難矣。觀此二君。豈不是撞着虞
姬戚氏豪傑都休。有詩爲証。

劉項佳人絕可憐　英雄無策庇嬋娟
戚姬葬處君知否　不及虞姬有墓田

說話的。如今只愛說這情色二字。做甚。故士矜才則德薄。女衍色則情放。若乃持盈愼滿。則爲端士淑女。豈有殺身之禍。今古皆然。貴賤一般。如今這一本書。乃虎中美女。後引出一個風情故事來。一個好色的婦女。因與了破落戶相通。日日追歡。朝朝迷戀。後不免屍橫刀下。命染黃泉。永不得着綺穿羅。再不能施朱付粉。靜而思之。着甚來由。況這婦人他死有甚事。貪他的斷送了堂堂六尺之軀。愛他的。丢了潑天鬨産業。驚了東平府。大

鬧了清河縣。端的不知誰家婦女。誰的妻小。後日乞何人占用。死于何人之手。正是

說時華岳山峯歪。　道破黃河水逆流。

話說宋徽宗皇帝。政和年間。朝中寵信高楊童蔡。四個奸臣。以致天下大亂。黎民失業。百姓倒懸。四方盜賊蜂起。罡星下生人間攪亂大宋花花世界。四處反了四大冦。那四大冦。

山東宋江　淮西王慶　河北田虎　江南方臘

皆轟州劫縣。放火殺人。僭稱王號。惟有宋江替天行道。專報不平殺天下贓官汚吏。豪惡刁民。那時山東陽谷縣。有一人姓武。名植。排行大郎。有個嫡親同胞兄弟。名喚武松。其人身長七尺。膀闊三停。自幼有膂力。學得一手好鎗棒。他的哥哥武大生的

身不滿三尺。爲人懦弱。又頭腦濁蠢可笑。平日本分。不惹是非。
因時遭荒饉。將祖房兒賣了。與兄弟分居。搬移在清河縣居住。
這武松因酒醉。打了童樞密。單身獨自。逃在滄州橫海郡小旋
風柴進庄上。他那裡招覽天下英雄豪傑。仗義疎財。人號他做
小孟嘗君。柴大官人。迺是周朝柴世宗嫡派子孫。那里躲逃。柴
進因見武松是一條好漢。收攬在庄上。不想武松就害起瘧疾
來。住了一年有餘。因思想哥哥武大。告辭歸家。在路上行了幾
日。來到陽谷縣地方。那時山東界上。有一座景陽崗。山中有一
隻弔睛白額虎。食得路絕人稀。官司杖限獵戶。擒捉此虎。崗子
路上。兩邊都有榜文。可教過往經商。結夥成羣。于巳午未三個
時辰過崗。其餘不許過崗。這武松聽了。呵呵大笑。就在路傍酒

店內吃了幾碗酒。壯着膽橫拖着防身梢棒。浪浪滄滄。大扠步走上崗來。不半里之地。見一座山神廟。門首。貼着一張印信榜文。武松看時。上面寫道。景陽崗上。有一隻大蟲。近來傷人甚多。見今立限各鄉并獵戶人等。打捕住時。官給賞銀三十兩。如有過往客商人等。可于巳午未三箇時辰。結夥過崗。其餘時分。及單身客旅。白日不許過崗。恐被傷害性命不便。各宜知悉。武松喝道。怕甚麼鳥。且只顧上崗去。看有甚大蟲。武松將棒綰在脇下。一步步上那崗來。回看那日色。漸漸下山。此正是十月間天氣。日短夜長。容易得晚。武松走了一會。酒力發作。遠遠望見亂樹林子。直奔過樹林子來。見一塊光撻撻地大青卧牛石。把那棒倚在一邊。放翻身躰。却待要睡。但見青天忽然起一陣狂風。

看那風時。但見

無形無影透人懷　四季能吹萬物開
就地撮將黃葉去　入山推出白雲來

原來雲生從龍。風生從虎。那一陣風過處。只聽得亂樹皆落黃葉。刷刷的響。撲地一聲。跳出一隻吊睛白額斑斕猛虎來。猶如牛來大。武松見了。叫聲阿呀。時從青石上翻身下來。便提稍棒在手。閃在青石背後。那大蟲又饑又渴。把兩隻爪在地下跑了一跑。打了個歡翅。將那條尾剪了又剪。半空中猛如一個焦霹靂。滿山滿嶺盡皆振響。這武松被那一驚。把肚中酒都變做冷汗出了。說時遲。那時快。武松見大蟲撲來。只一閃。閃在大蟲背後。原來猛虎項短。回頭看人教難。便把前爪搭在地下。把腰跨一伸掀將起來武松只一躲躲在側邊大蟲見掀他不着。吼了一聲把山崗也振動武松却又閃過一邊原來虎傷人只是一撲。一掀一剪三般捉不着時。氣力已自没了一半武松見虎没力翻身回來雙手輪起稍棒盡平生氣力只一棒只聽得一聲响簌簌地將那樹枝帶葉打將下來原來不曾打着大蟲正打在樹枝上磕磕把那條棒折做兩截只拏一半在手裡這武松心中也有幾分慌了。那虎便咆哮性發剪尾弄風起來。向武松又只一撲撲將來武松一跳却跳回十步遠那大蟲撲不着武松把前爪搭在武松面前武松將半截棒。丢在一邊乘勢向前。兩隻手揪在大蟲頂花皮使力只一按那虎急要掙扎早没了氣力武松儘力揪定那虎那裡肯放鬆。一面把隻脚望虎面上眼睛裏。只顧亂踢。那虎咆哮。把身底下。扒起兩堆黃泥。做了一個土坑。武松把那大蟲嘴直按下坑里去。

（續）個上坑里。武松按在坑里。騰出右手。提起拳頭來。只顧狠打儘平生氣力。不消半歇兒時辰。把那大蟲打死。倘卧着。却似一個綿布袋。動不得了。有古風一篇。單道景陽崗武松打虎。但見

景陽崗頭風正狂　萬里陰雲埋日光
焰焰滿川紅日赤　紛紛遍地草皆黃
觸目曉霞掛林藪　侵人冷霧滿穹蒼
忽聞一聲霹靂响　山腰飛出獸中王
昂頭踴躍逞牙爪　谷裏獐鹿皆奔降
山中狐兎潛蹤跡　澗内獐猿驚且慌
卞莊見後魂魄散　存孝遇時心膽亡

清河壯士酒未醒　忽在崗頭偶相迎
上下尋人虎飢渴　撞着猙獰來撲人
虎來撲人似山倒　人去迎虎如岩傾
臂腕落時墜飛砲　爪牙過處幾泥坑
拳頭脚尖如雨點　淋漓兩手鮮血染
穢汚腥風滿松林　散亂毛鬚墜山巖
近看千鈞勢未休　遠觀八面威風減
身橫野草錦斑消　緊閉雙睛光不閃

當下這隻猛虎。被武松沒頓飯之間。一頓拳脚。打的動不得了。使的這漢子。口裏兒自氣喘不息。武松放了手來。松樹邊尋那打折的稍棒。只怕大蟲不死。向身上又打了十數下。那大蟲氣都没了。武松尋思。我就勢把這大蟲拖下崗子去。就血泊中雙手來提時。那里提得動。原來使盡了氣力。手脚都踈軟了。武松正坐在石上歇息。只聽草坡里刷刺刺响。武松口中不言。心下驚恐。天色巳黑了。倘或又跳出一個大蟲來。我却怎生鬬得過。他剛言未畢。只見坡下鑽出兩隻大蟲來。諕武松大驚道。阿呀。今番我死也。只見那兩個大蟲于面前直立起來。武松定睛看時。却是個人。把虎皮縫做衣裳。頭上帶着虎磕腦。那兩人手裏各拏着一條五股剛叉。見了武松。倒頭便拜。說道。壯士。你是人也。神也。端的吃了總律心。豹子肝。獅子腿。膽倒包了身軀。不然如何獨自一個。天色漸晚。又没器械。打死這個傷人大蟲。我們在此觀看多時了。端的壯士高姓大名。武松道。我行不更名。坐

不改姓自我便是陽谷縣人氏姓武名松排行第二因問你兩
個是甚麽人那兩個道不瞞壯士說我們是本處打獵戶因為
崗前這隻虎夜夜出來傷人極多只我們獵戶也折了七八個
過路客人不計其數本縣知縣相公着落我們衆獵戶限日捕
捉得獲時賞銀三十兩不獲時定限吃拷叵耐這業畜勢大難
近得他誰敢向前我們只和數十鄉夫在此遠遠地安下窩弓
藥箭等他正在這裡埋伏却見你大剌剌從崗子上走來三拳
兩脚和大蟲敵鬥把大蟲登時打死了未知壯士身上有多少
力俺衆人把大蟲綣了請壯士下崗往本縣去見知縣相公討
賞去來于是衆鄉夫獵戶約湊有七八十人先把死大蟲擡在
前面將一個兠轎擡了武松逕投本處一個上戶家那戶里正

都在庄前迎接把這大蟲。扛在草庭上。却有本縣里老。都來相探問了武松姓名。因把打虎一節。說了一遍。衆人道眞乃英雄好漢。那衆獵戶。先把野味。將來與武松把盞。吃得大醉。打掃客房。武松歇息。到天明里老。先去縣裡報知。一面合具虎床。安排花紅軟轎。迎送武松到縣衙前。清河縣知縣。使人來接到縣内廳上。那滿縣人民。聽得說一個壯士。打死了景陽崗上大蟲。迎賀將來。盡皆出來觀看。哄動了那個縣治。武松到廳上下了轎扛着大蟲。在廳前。知縣看了武松。這般模樣。心中自忖道。不恁地。怎打得這個猛虎。便喚武松上廳來。叅見畢。將打虎首尾訴說了一遍。兩邊官吏。都驚呆了。知縣就廳上賜了幾盃酒。將庫中衆士戶。出納的賞錢三十兩。就賜與武松。武松禀道。小人托賴相公的福蔭。偶然僥倖。打死了這個大蟲。非小人之能。如何敢受這三十兩賞賜。給發與眾獵戶。因這畜生受了相公許多責罰。何不就把這賞給散與眾人去。也顯相公恩沾。小人義氣。知縣道。既是如此。任從壯士處分。武松就把這三十兩賞錢在廳上俵散與眾獵戶去了。知縣見他仁德忠厚。又是一條好漢。有心要擡舉他。便道。雖是陽谷縣的人氏。與我這清河縣。只在咫尺。我今日就參你。在我這縣里。做個巡捕的都頭。專一河東水西。擒拏盜賊。你意下如何。武松跪謝道。若蒙恩相擡舉。小人終身受賜。知縣隨即喚押司去了文案。當日便參武松做了巡捕都頭。眾里正大戶。都來與武松作賀。慶喜連連誇官吃了三五日酒。正要陽谷縣抓尋哥哥。不料又在清河縣。做了都頭。一

日在街上閒遊。喜不自勝。傳得東平一府兩縣。皆知武松之名

有詩爲證。

壯士英雄藝略芳　挺身直上景陽崗

醉來打死山中虎　自此聲名播四方

按下武松。單表武大。自從與兄弟分居之後。因時遭荒饉。搬移在清河縣。紫石街賃房居住。人見他爲人懦弱。模樣猥衰。起了他個渾名。叫做三寸丁。谷樹皮。俗語言其身上粗躁。頭臉窄狹故也。以此人見他這般軟弱朴實。多欺負他。武大並無生氣。常時廻避便了。看官聽說。世上惟有人心最歹。軟的又欺。惡的又怕。太剛則折。太柔則廢。古人有幾句格言。說的好。

柔軟立身之本。剛强惹禍之胎。無爭無競是賢才。虧我些些兒

何礙。青史幾場春夢。紅塵多才奇才。不湏計較巧安排。守分
而今見在

且說武大終日挑担子出去。街上賣炊餅度日。不幸把渾家故
了。丢下個女孩兒年方十二歲。名喚迎兒。爺兒兩個過活。那消
半年光景。又消折了資本。移在大街坊張大戶家臨街房居住。
依舊做買賣。張宅家下人見他本分。常看顧他。照顧他炊餅。閑
時在他舖中坐。武大無不奉承。因此張宅家下人個個都歡喜。
在大戶面前。一力與他說方便。因此大戶連房錢也不問武大
要。這張大戶家有萬貫家財。百間房產。年約六旬之上。身邊寸
男尺女皆無。媽媽余氏。主家嚴厲。房中並無清秀使女。一日大
戶拍胸。歎了一口氣。媽媽問道。你田產豐盛。資財充足。閑中何

故歎氣。大戶道。我許大年紀。又無兒女雖有家財終何大用媽

媽道。既然如此說。我教媒人。替你買兩個使女早晚習學彈唱

服侍你便了。大戶心中大喜。謝了媽媽過了幾時。媽媽果然教

媒人來。與大戶買了兩個使女。一個叫做潘金蓮。一個喚做白

玉蓮。這潘金蓮。却是南門外潘裁的女兒排行六姐。因他自幼

生得有些顏色。纏得一雙好小腳兒因此小名金蓮。父親死了。

做娘的因度日不過。從九歲賣在王招宣府裡習學彈唱。就會

描眉畫眼。傅粉施朱。梳一個纏髻兒。着一件扣身衫子。做張做

勢。喬模喬樣。況他本性機變伶俐。不過十五。就會描鸞刺綉。品

竹彈絲。又會一手琵琶。後王招宣死了。潘媽媽爭將出來。三十

兩銀子。轉賣與張大戶家。與玉蓮同時進門。大戶家習學彈唱。

金蓮學琵琶。玉蓮學箏。玉蓮亦年方二八。乃是樂戶人家女子。生得白淨。小字玉蓮。這兩個同房歇臥。主家婆余氏。初時甚是擡舉二人。不會上鍋。排備洒掃。與他金銀首飾。粧束身子。後日不料白玉蓮死了。止落下金蓮一人。長成一十八歲。出落的臉襯桃花。眉灣新月。尤細尤彎。張大戶每要收他。只怕主家婆利害不得手。一日主家婆鄰家赴席不在。大戶暗把金蓮喚至房中。遂收用了。正是

美玉無瑕。一朝損壞。　珍珠何日。再得完全。

大戶自從收用金蓮之後。不覺身上添了四五件病症。端的那五件。

第一腰便添疼　第二眼便添淚　第三耳便添聾

第四鼻便添涕　第五尿便添滴

還有一庄兒不可說。白日間只是打盹。到晚來噴嚏也無數。後王家婆頗知其事。與大戶攘罵了數日。將金蓮甚是苦打。大戶知不容此女。却賭氣倒陪房奩。要尋嫁得一個相應的人家。大戶家下人都說武大忠厚。見無妻小。又住着宅內房兒。堪可與他。這大戶早晚還要看覷此女。因此不要武大一文錢。白白的嫁與他爲妻。這武大自從娶的金蓮來家。大戶甚是看顧他。若武大沒本錢。做炊餅。大戶私與銀伍兩。與他做本錢。武大若挑担兒出去。大戶候無人。便踅入房中。與金蓮厮會。武大雖一時撞見。亦不敢聲言。朝來暮往。如此也有計時。忽一日大戶得患陰寒病症。嗚呼哀哉死了。主家婆察知其事。怒令家童將金蓮武大郎時趕出。不容在房子裏住。武大不覺。又尋紫石街西。王皇親房子。賃內外兩間居住。依舊賣炊餅。原來金蓮自從嫁武大。見他一味老實。人物猥獕。甚是憎嫌。常與他合氣。報怨大戶。普天世界。斷生了男子。何故將奴嫁與這樣個貨。每日牽着不走。打着倒腿的。只是一味咮酒。着緊處。都是錐扎也不動。奴端的那世裡悔氣。却嫁了他。是好苦也。常無人處彈個山坡羊為証。

想當初。姻緣錯配。奴把他當男兒漢看覷。不是奴自己誇獎。他烏鴉怎配鸞鳳對。奴真金子埋在土里。他是塊高號銅。怎與俺金色比。他本是塊頑石。有甚福抱着我羊脂玉。躰好似糞土上長出靈芝。奈何隨他怎樣。倒底奴心不美。聽知。奴是塊金磚怎比泥土基。
看官聽說。但凡世上婦女。若自巳有些顏色。所禀伶俐。配個好男子。便罷了。若是武大這般。雖好殺也未免有幾分憎嫌。自古佳人才子。相湊着的少。買金偏撞不着賣金的。武大每日自挑炊餅担兒出去賣。到晚方歸。婦人在家。別無事幹。一日三飡吃了飯。打扮光鮮。只在門前簾兒下站着。常把眉目嘲人。雙睛傳意。左右街坊。有幾個奸詐浮浪子弟。睃見了武大這個老婆。打扮油樣。沾風惹草。被這干人在街上。撒謎語。往來嘲戲。唱叫這一塊好羊肉。如何落在狗口裡。人人自知武大是個懦弱之人。却不知他娶得這個婆娘在屋裡。風流伶俐。諸般都好。爲頭的一件。好偷漢子。有詩爲證。

金蓮容貌更堪題　笑蹙春山八字眉
若遇風流清子弟　等閑雲雨便偷期

這婦人。每日打發武大出門。只在簾子下。嗑瓜子兒。一徑把那一對小金蓮。做露出來。勾引的這夥人。日逐在門前彈胡博詞扠兒難。口裡油似滑言語。無般不說出來。因此武大在紫石街住不牢。又要往別處搬移。與老婆商議。婦人道。賊混沌。不曉事的。你賃人家房住。淺房淺屋。可知有小人囉唣。不如湊幾兩銀子。看相應的。典上他兩間住。却也氣槩些。免受人欺負。你是個男子漢。倒擺布不開。常交老娘受氣。武大道。我那里有錢典房。婦人道。呸。濁才料。把奴的釵梳。湊辦了去。有何難處。過後有了。再治不遲。武大聽了老婆這般說。當下湊了十數兩銀子。典得縣門前樓上下兩層。四間房屋居住。第二層。是樓。兩個小小院落。甚是乾净。武大自從搬到縣西街上來。照舊賣炊餅。一日街上所過。見數隊纓鎗鑼鼓喧天。花紅軟轎。簇擁着一個人。却是他嫡親兄弟武松。因在景陽崗。打死了大蟲。知縣相公擡舉他新陞做了。巡捕都頭。街上里老人等作賀他。送他下處去。却被武大撞見。一手扯住。叫道兄弟。你今日做了都頭。怎不看顧我。武松回頭。見是哥哥。二人相合。兄弟大喜。一面邀請到家中。讓至樓上坐。房裡喚出金蓮來。與武松相見。因說道前日景陽崗打死了大蟲的。便是你小叔。今新充了都頭。是我一母同胞兄弟。那婦人叉手向前。便道叔叔萬福。武松施禮。倒身下拜。婦人扶住武松道。叔叔請起。折殺奴家。武松道。嫂嫂受禮。兩個相讓了一回。都平磕了頭。起來。少頃小女迎兒拿茶二人吃了。武松見婦人十分妖嬈。只把頭來低着。不多時。武大安排酒飯管待武松。說話中間。武大下樓買酒菜去了。丟下婦人。獨自在樓上陪武松坐的。看了武松。身材凜凜。相貌堂堂。身上恰似有千百斤氣力。不然如何打得那大蟲。心里尋思道。一母所生的兄弟。又這般長大。人物壯健。奴若嫁得這個。胡亂也罷了。你看我家那身不滿尺的丁樹。三分似人。七分似鬼。奴那世裡遭瘟。直到如今。據看武松。又好氣力。何不交他搬來我家住。誰想這段姻緣。却在這裡。那婦人一面臉上排下笑來。問道叔叔。你如今在那里居住。每日飭食。誰人整理。武松道。武二新充了都頭。逐日答應上司。別處住不方便。胡亂在縣前尋了個下處。每日撥兩個土兵服事做飯。婦人道。叔叔何不搬來家里住。省的在縣前土兵服事。做飯腌臢。一家里住。早晚要些湯水吃時。也方便些。就是奴家親自安排與叔叔吃。也乾净。武松道。深謝嫂嫂。婦人又道。莫不別處有嬸嬸。可請來厮會也。武松道。武二並不曾婚娶。婦人道。叔叔青春多少。武松道。虛度二十八歲。婦人道。原來叔叔到長奴三歲。叔叔今番從那里來。武松道。在滄洲住了一年有餘。只想哥哥在舊房居住。不想搬在這里。婦人道。一言難盡。自從嫁得你哥哥。吃他忒善了。被人欺負。纔得到這里。若似叔叔這般雄壯。誰敢道個不是。武松道。家兄從來本分。不似武松撒潑。婦人笑道。怎的顛倒說。常言人無剛强。安身不牢。奴家平生快性。看不上這樣三打不回頭。四打連身轉的人。有詩爲

証。詩曰

叔嫂萍踪得偶逢　嬌嬈偏逞秀儀容
私心便欲成歡會　暗把邪言釣武松

原來這婦人。甚是言語撇清。武松道。家兄不惹禍。免嫂嫂憂心。二人只在樓上。說話未了。只見武大買了些肉菜果餅歸來。放在厨下。走上樓來。叫道大嫂。你且下來安排則個。那婦人應道。你看那不曉事的。叔叔在此。無人陪侍。却交我撇了下去。武松道嫂嫂請方便。婦人道何不去間壁請王乾娘來安排便了。只是這般不見便、武大便自去。央了間壁王婆子來。安排端正。都拿上樓來。擺在卓子上。無非是些魚肉果菜點心之類。隨即盪上酒來。武大教婦人坐了主位。武松對席。武大打横。三人坐下。

把酒來斟。武大篩酒在各人面前。那婦人拿起酒來道叔叔休怪。沒甚管待。請盃兒水酒。武松道。感謝嫂嫂。休這般說。武大只顧上下篩酒。那里來管閑事。那婦人笑容可掬。滿口兒叫叔叔。怎的肉果兒也不揀一筯兒揀好的遞將過來。武松是個直性漢子。只把做親嫂嫂相待。誰知這婦人是個使女出身。慣會小意兒。亦不想這婦人一片引人心。那武大又是善弱的人。那里會管待人。婦人陪武松吃了幾盃酒。一雙眼只看着武松身上。武松乞他看不過。只低了頭。不理他。吃了一歇。酒闌了。便起身。武大道。二哥沒事。再吃幾盃兒去。武松道。生受。我再來望哥哥嫂嫂罷。都送下樓來。出的門外。婦人便道。叔叔是必上心。搬來家里住。若是不搬來。俺兩口兒也吃別人笑話。親兄弟。難比別人。與我們爭口氣。也是好處。武松道。既是吾嫂厚意。今晚有行李便取來。婦人道。叔叔是必記心者。奴這里專候。正是滿前野意無人識。幾點碧桃春自開。有詩為証。

可怪金蓮用意深　包藏淫行蕩春心
武松正大原難犯　耿耿清名抵萬金

當日這婦人情意。十分慇勤。却說武松到縣前客店內。收拾行李鋪蓋交土兵挑了。引到哥家。那婦人見了。強如拾了金寶一般歡喜。旋打掃一間房。與武松安頓停當。武松分付土兵回去。當晚就在哥家宿歇。次日早起。婦人也慌忙起來。與他燒湯凈面。武松梳洗裹幘。出門去縣里畫卯。婦人道。叔叔畫了卯。早些來家吃飯。休去別處吃了。武松應諾。到縣里畫卯已畢。伺候了一早辰。回到家中。那婦人又早齊齊整整。安排下飯。三口兒同吃了飯。婦人雙手。便捧一盃茶來。遞與武松。武松道。交嫂嫂生受。武松寢食不安。明日縣裡。撥個土兵來使喚。那婦人連聲叫道。叔叔却怎生這般計較。自家骨肉。又不服事了別人。雖然有這小丫頭迎兒。奴家見他拏東拏西。蹀里蹀斜。也不靠他。就是撥了土兵來。那厮上鍋上灶。不乾淨。奴眼里也看不上這等人。武松道。恁的。却生受嫂嫂了。有詩爲証。

武松儀表甚搊搜　阿嫂淫心不可收
籠絡歸來家里住　要同雲雨會風流

話休絮煩。自從武松搬來哥家里住。取些銀子出來。與武大。交買餅饊茶果。請那兩邊隣舍。都鬬分子來。與武松人情。武大又安排了回席，却不在話下。過了數日，武松取出一疋彩色段子，與嫂嫂做衣服。那婦人堆下笑來，便道：叔叔如何使得，既然賜與奴家，不敢推辭。只得接了，道個萬福。自此武松只在哥家歇宿。武大依前上街挑賣炊餅。武松每日自去縣里承差應事，不論歸遲歸早，婦人頓羹頓飯，歡天喜地服事武松，武松倒安身不得。那婦人時常把些言語來撥他，武松是個硬心的直漢，有話即長，無話即短。不覺過了一月有餘，看看十一月天氣，連日朔風緊起，只見四下彤雲密布，又早紛紛揚揚飛下一天瑞雪來。但見

萬里彤雲密布，空中祥瑞飄簾，瓊花片片舞前簷，剡溪當此際，濡滯子猷船，頃刻樓臺都壓倒，江山銀色相連，飛鹽撒粉

漫連天。當時呂蒙正窰內嗟無錢

當日這雪。直下到一更時分。却似銀鋪世界。玉碾乾坤。次日武松果去縣里畫卯。直到日中未歸。武大被婦人早趕出去做買賣。央及間壁王婆。買了些酒肉。去武松房里。簇了一盆炭火。心里自想道。我今日着實撩鬥他一鬥。不怕他不動情。那婦人獨自冷冷清清。立在簾兒下。望見武松。正在雪裡。踏着那亂瓊碎玉歸來。婦人推起簾子。迎着笑道。叔叔寒冷。武松道。感謝嫂嫂罣心。入將門來。便把氈笠兒除將下來。那婦人將手去接。武松道。不勞嫂嫂生受。自把雪來拂了。掛在壁子上。隨即解了纏帶脫了身上鸚哥綠紵絲衲襖。入房內。那婦人便道。奴等了一早辰。叔叔怎的不歸來吃早飯。武松道。早間有一相識請我吃飯了却纔又有一個作盃我不耐煩一直走到家來婦人道既恁的請叔叔向火武松道正好便脫了油靴換了一雙襪子穿了煖鞋掇條櫈子自近火盆邊坐的那婦人早令迎兒把前門上了門後門也關了却換些些煮酒菜蔬入房里來擺在卓子上武松問道哥哥那里去了婦人道你哥哥每自出去做些些買賣我和叔叔自吃三盃武松道一發等哥哥來家吃也不遲婦人道那里等的他說由未了只見迎兒小女早煖了一注酒來武松道不必嫂嫂費心待武二自斟婦人也掇一條櫈子近火邊坐了卓上擺着盃盤婦人拏盞酒擎在手里看着武松叔叔滿飲此盃武松接過酒去一飲而盡那婦人又篩一盃來說道天氣寒冷叔叔飲個成雙的盞兒武松道嫂嫂自飲接來又一飲而盡

武松却篩一盃酒遞與婦人婦人接過酒來呷了却拏注子再斟酒放在武松面前那婦人一徑將酥胸微露雲鬟半軃臉上堆下笑來說道我聽得人說叔叔在縣前街上養着個唱的有這話麼武松道嫂嫂休聽的人胡說我武二從來不是這等人婦人道我不信只怕叔叔口頭不是心頭武松道嫂嫂不信時只問哥哥就見了婦人道呵呀你休說他那里曉得甚麼如在醉生夢死一般他若知道時不賣炊餅了叔叔且請一盃連篩了三四盃飲過那婦人也有三盃酒落肚烘動春心那里按納得住慾心如火只把閑話來說武松也知了八九分自已只把頭來低了却不來兜攬婦人起身去盪酒武松自在房內却拏火筯簇火婦人良久煖了一注子酒來到房里一隻手拏着注

子一隻手便去武松肩上只一捏說道叔叔只穿這些〻衣服不寒冷麽武松已有五七分不自在也不理他婦人見他不應匹手便來奪火筯口裡道叔叔你不會簇火我與你撥火只要一似火盆來熱便好武松有八九分焦燥只不做聲這婦人也不看武松焦燥便丟下火筯却篩一盞酒來自呷了一口剩下大半盞酒看着武松道你若有心吃我這半盞兒殘酒乞武松匹手奪過來潑在地下說道嫂嫂不要恁的不識羞恥把手只一推爭些〻兒把婦人推了一交武松睜起眼來說道武二是個頂天立地的噙齒戴髮的男子漢不是那等敗壞風俗傷人倫的豬狗嫂嫂休要這般不識羞恥爲此等的勾當倘有些〻風吹草動我武二眼里認的是嫂嫂拳頭却不認的是嫂嫂再來休要

如此所為。婦人吃他幾句搶的通紅了面皮。便叫迎兒收拾了碟盞家火。口裡指着說道。我自作耍子。不值得便當真起來。好不識人敬。收了家火。自往廚下去了。有詩為證。

潑賤操心太不良　貪淫無耻壞綱常
席間尚且求雲雨　反被都頭罵一場

這婦人見勾搭武松不動。反被他搶白了一場。好的武松自在房中。氣忿忿的。自己尋思。天色却早申牌時分。武大挑着担兒。大雪里歸來。推開門放下担兒。進的房來。見婦人一雙眼哭的紅紅的。便問道。你和誰鬧來。婦人道。都是你這不爭氣的。交外人來欺負我。武大道。誰敢來欺負你。婦人道。情知是誰。爭奈武二那厮。我見他大雪里歸來。好意安排些些酒飯與他吃。他見前後沒人便把言語來調戲我便是迎兒眼見我不賴他武大道我兄弟不是這等人從來老實休要高聲乞隣舍聽見笑話武大撇了婦人便來武松房里叫道二哥你不曾吃點心我和你吃些個武松只不做聲尋思了半晌脫了絲鞋依舊穿上油膩靴着了上蓋戴上毡笠兒一面繫纏帶一面出大門武大叫道二哥你那里去也不荅一直只顧去了武大回到房內問婦人道我叫他又不應只顧往縣前那條路去了正不知怎的了婦人罵道賊混沌蟲有甚難見處那厮羞了沒臉兒見你走了出去我猜他一定叫個人來搬行李不要在這里住却不道你留他武大道他搬了去須乞別人笑話婦人罵道混沌魍魎他來調戲我到不乞別人笑話你要便自和他過去我却做不的這

樣人你與了我一紙休書你自留他便了武大那里再敢開口被這婦人倒數罵了一頓正在家兩口兒絮聒只見武松引了個土兵那着條扁担徑來房內收拾行李便出門武大走出來叫道二哥做甚麼便搬了去武松道哥哥不要問說起來裝你的幌子只由我自去便了武大那里再敢問備細由武松搬了出去那婦人在裡面喃喃吶吶罵道却也好只道是親難轉債人自知道一個兄弟做了都頭怎的養活了哥嫂却不知反來嚼咬人正是花木瓜空好看搬了去到謝天地且得冤家離眼前武大見老婆這般言語不知怎的了心中只是放去不下自從武松搬去縣前客店宿歇武大自依前上街賣炊餅本待要去縣前尋兄弟說話却被這婦人千叮萬囑分付交不要去兜

攬他因此武大不敢去尋武松。有詩爲証。

雨意雲情不遂謀　心中誰信起戈矛
生將武二撇離去　骨肉番令作寇仇

畢竟未知後來何如且聽下回分解。

第二回 俏潘娘簾下勾情

老王婆茶坊說技

第二回

西門慶簾下遇金蓮　王婆子貪賄說風情

月老姻緣配未真　金蓮賣俏逞花容
只因月下星前意　惹起門旁簾外心
王媽誘財施巧計　鄆哥賣果被嫌嗔
那知後日蕭墻禍　血濺屏幃滿地紅

話說武松。自從搬離哥家。撚指不覺雪晴。過了十數日光景。却說本縣知縣。自從到任以來。却得二年有餘。轉得許多金銀。要使一心腹人。送上東京親眷處收寄。三年任滿朝覲。打點上司。一來却怕路上小人。須得一個有力量的人去方好。猛可想起都頭武松。須得此人英雄膽力。方了得此事。當日就喚武松到衙內商議道。我有個親戚。在東京城內做官。姓朱名勔。見做殿前太尉之職。要送一担禮物。稍封書去問安。只恐途中不好行。須得你去方可。你休推辭辛苦。回來我自重賞你。武松應道。小人得蒙恩相擡舉。安敢推辭。既蒙差遣。只得便去。小人自來也不曾到東京。就那里觀光上國景致。走一遭。也是恩相擡舉。知縣大喜。賞了武松三盃酒。十兩路費。不在話下。且說武松領了知縣的言語。出的縣門來。到下處叫了士兵。却來街上買了一瓶酒。并菜蔬之類。逕到武大家。武大恰街上回來。見武松在門前坐地。交士兵去廚下安排。那婦人餘情不斷。見武松把將酒食來。心中自思。莫不這厮思想我了。不然却又回來。那厮一定強我不過。我且慢慢問他。婦人便上樓去。重勻粉面。再挽雲鬟換了些顏色衣服穿了來到門前迎接武松婦人拜道叔叔不知怎的錯見了好幾日並不上門交奴心裡沒理會處每日交你哥哥去縣裡尋叔叔陪話歸來只說沒尋處今日再喜得叔叔來家沒事壞鈔做甚麼武松道武二有句話特來要和哥哥說知婦人道既如此請樓上坐三個人來到樓上武松讓哥嫂上首坐了他便掇杌子打橫土兵擺上酒來熱下飯一齊拏上來武松勸哥嫂吃婦人便把眼來睃武松武松只顧吃酒酒至數巡武松問迎兒討副勸盃叫土兵篩一盃酒拏在手里看着武大道大哥在上武二今日蒙知縣相公差往東京幹事明日便要起程多是兩三個月少是一個月便回有句話特來和你說你從來爲人懦弱我不在家恐怕外人來欺負假如你每日

賣十扇籠炊餅。你從明日爲始。只做五扇籠炊餅出去賣。每日遲出早歸。不要和人吃酒。歸家便下了簾子。早閑門。省了多少是非口舌。若是有人欺負你。不要和他爭執。待我回來。自和他理論。大哥你依我時。滿飲此盃。武大接了酒道。我兄弟見得是。我都依你說。吃過了一盃。武松再斟第二盞酒。對那婦人說道。嫂嫂是個精細的人。不必要武松多說。我的哥哥爲人質朴。全靠嫂嫂做主。常言表壯不如裡壯。嫂嫂把得家定。我哥哥煩惱做甚麼。豈不聞古人云。籬牢犬不入。那婦人聽了這幾句話。一點紅從耳畔起。須臾紫漲了面皮。指着武大罵道。你這個混沌東西。有甚言語。在別人處說。來欺負老娘。我是個不戴頭巾的男子漢。叮叮噹噹响的婆娘。拳頭上也立得人。胳膊上走得馬。

人面上行的人。不是那腲膿血搠不出來鱉。老婆自從嫁了武大。眞個螻蟻不敢入屋裏來。有甚麼籬笆不牢。犬兒鑽得入來。你休胡言亂語。一句句都要下落。丟下塊磚兒。一個個也要着地。武松笑道。若得嫂嫂這般做主。最好。只要心口相應。却不應心頭不似口頭。既然如此。我武松都記得嫂嫂說的話了。請過此盃。那婦人一手推開酒盞。一直跑下樓來。走到半胡梯上。發話道。既是你聰明伶俐。恰不道長嫂爲母。我初嫁武大時。不曾聽得有甚小叔。那里走得來。是親不是親。便要做喬家公。自是老娘悔氣了。偏撞着這許多鳥事。一面哭下樓去了。有詩爲證。

苦口良言諫勸多　金蓮懷恨起風波
自家惶愧難存坐　氣殺英雄小二哥

那婦人做出許多喬張致來。武大武松。吃了幾杯酒。坐不住都
下的樓來。弟兄洒泪而別。武大道。兄弟去了。早早回來。和你相
見。武松道。哥哥你便不做買賣也罷。只在家里坐的。盤纏兄弟
自差人送與你。臨行武松又分付道。哥哥。我的言語。休要忘了。
在家仔細門戶。武大道理會得了。武松辭了武大。回到縣前下
處。收拾行裝。并防身器械。次日領了知縣禮物。金銀。馱垛討了
脚程。起身上路。往東京去了。不題。只說武大自從兄弟武松。說
了去。整日乞那婆娘。罵了三四日。武大忍氣吞聲。由他自罵。只
依兄弟言語。每日只做一半炊餅出去。未晚便回家。歇了担兒。
先便去除了簾子。關上大門。却來屋裡動旦。那婦人看了這般。
心內焦燥起來。罵道不識時濁物。我倒不曾見日頭在半天裡。

便把牢門關了也吃隣舍家笑話說我家怎生禁鬼聽信你兄弟說空生有卵鳥嘴也不怕別人笑耻武大道由他笑也罷我兄弟說的是好話省了多少是非被婦人啖在臉上道呸濁東西你是個男子漢自不做主却聽別人調遣武大摇手道由他我兄弟說的是金石之語原來武松去後武大每日只是晏出早歸到家便關門那婦人氣生氣死和他合了幾場氣落後關慣了自此婦人約莫武大歸來時分先自去收簾子關上大門武大見了心里自也暗喜尋思道恁的却不好有詩為證

慎事關門并早歸　眼前恩愛隔崔嵬
春心一點如絲亂　空鎖牢籠總是虛

白駒過隙日月攛梭纔見梅開臘底又早天氣回陽一日三月

春光明媚時分金蓮打扮光鮮单等武大出門就在門前簾下站立約莫將及他歸來時分便下了簾子自去房内坐的一日也是合當有事却有一個人從簾子下走過來自古没巧不成話姻緣合當湊着婦人正手里拏着义竿放簾子忽被一陣風將义竿刮倒婦人手擎不牢不端不正却打在那人頭巾上婦

此是姻緣合當

人便慌忙陪笑把眼看那人也有二十五六年紀生的十分博浪頭上戴着纓子帽兒金玲瓏簪兒金井玉欄杆圈兒長腰身穿綠羅褶兒脚下細結底陳橋鞋兒清水布襪兒腿上勒着兩扇玄色挑絲護膝兒手里搖着洒金川扇兒越顯出張生般龐兒潘安的貌兒可意的人兒風風流流從簾子下丢與奴個眼色兒這個人被义杆打在頭上便立住了脚待要發作時回過

臉來看却不想是個美貌妖嬈的婦人但見他黑鬒鬒賽鴉翎的鬢兒翠灣灣的新月的眉兒清冷冷杏子眼兒香噴噴櫻桃口兒直隆隆瓊瑤鼻兒粉濃濃紅艷腮兒嬌滴滴銀盆臉兒輕嬝嬝花朶身兒玉纖纖葱枝手兒一捻捻楊柳腰兒軟濃濃白面臍肚兒窄多多尖趫脚兒肉妳妳胷兒白生生腿兒更有一件緊揪揪紅縐縐白鮮鮮黑裀裀正不知是什麼東西觀不盡這婦人容貌且看他怎生打扮但見

頭上戴着黑油油頭髮鬏髻口面上緝着皮金一逕里鏨出香雲一結周圍小簪兒齊插六鬢斜插一朶並頭花排草梳兒後押難描八字灣灣柳葉襯在腮兩朶桃花玲瓏墜兒最堪誇露菜玉酥胷無價毛青布大袖衫兒褶兒又短襯湘裙

碾絹綾紗，通花汗巾兒，袖中兒邊搭剌，香袋兒，身邊低掛抹胸兒重重紐扣，褲腿兒臟頭垂下。往下看，尖趫趫金蓮小脚，雲頭巧緝山牙老鴉鞋兒，白綾高底步香塵，偏襯登踏，紅紗膝褲扣鶯花，行坐處風吹裙袴，口兒裡常噴出異香蘭麝，櫻桃初笑臉生花，人見了魂飛魄散，賣弄殺偏俏的寃家。

那人見了，先自酥了半邊，那怒氣早已鑽入瓜睛日去了，變顏笑吟吟臉兒。這婦人情知不是，叉手望他深深拜了一拜，說道奴家一時被風失手，悞中官人，休怪。那人一面把手整頭巾，一面把腰曲着地還喏道，不妨，娘子請方便。却被這間壁住的賣茶王婆子看見，那婆子笑道，兀的誰家大官人，打這屋簷下過，打的正好。那人笑道，倒是我的不是，一時冲撞娘子，休怪。婦人答道官人不要見責那人又笑着大大的唱個喏回應道小人不敢那一雙積年招花惹草慣細風情的賊眼不離這婦人身上臨去也回頭了七八回方一直搖搖擺擺遮着扇兒去了有詩爲証

風日清和漫出遊　偶從簾下識嬌羞
只因臨去秋波轉　惹起春心不肯休

當時婦人見了那人生的風流浮浪語言甜淨更加幾分留戀倒不知此人姓甚名誰何處居住他若沒我情意時臨去也不回頭七八遍了不想這段姻緣却在他身上都是在簾下眼巴巴的看不見那人方纔收了簾子關上大門歸房去了看官聽說莫不這人無有家業的原是清河縣一個破落戶財主就縣

門前開着個生藥鋪。從小兒也是個好浮浪子弟。使得些好拳棒。又會賭博。雙陸象棋。抹牌道字。無不通曉。近來發跡有錢。專在縣裏。管些公事。與人把攬說事過錢。交通官吏。因此满縣人都惧怕他。那人覆姓西門。单名一個慶字。排行第一。人都叫他做西門大郎。近來發跡有錢人、都稱他做西門大官人。他父母雙亡。兄弟俱無。先頭渾家是早逝。身邊止有一女。新近又娶了清河左衛吳千戶之女。填房爲繼室。房中也有四五個丫鬟婦女。又常與构欄裡的。李嬌兒打熱。今也娶在家里。南街子又占着窠子卓二姐。名卓丢兒。包了些時。也娶來家居住。專一飄風戲月。調占良人婦女。娶到家中。稍不中意。就令媒人賣了。一個月倒在媒人家去二十餘遍。人多不敢惹他。這西門大官人自從簾下見了那婦人一面。到家尋思道。好一個雌兒。怎能勾得手。猛然想起那間壁賣茶王婆子來。堪可如此如此。這般這般。撮合得此事成。我破幾兩銀子謝他。也不值甚的。于是連飯也不吃。走出街上閑遊。一直逕踅入王婆茶坊裡來。便去裡邊水簾下坐了。王婆笑道。大官人。却纔唱得好個大肥喏。西門慶道。乾娘你且來。我問你。間壁這個雌兒。是誰的娘子。王婆道。他是閻羅大王的妹子。五道將軍的女兒。問他怎的。西門慶說。我和你說正話。休取笑。王婆道。大官人怎的不認的。他老公便是縣前賣熟食的。西門慶道。莫不是賣棗糕徐三的老婆。王婆搖手道。不是。若是他。也是一對兒。大官人再猜。西門慶道。敢是賣餶飿的李三娘子兒。王婆搖手道。不是。若是他。倒是一雙。西門慶道。莫不是花肐膊劉小二的婆兒。王婆大笑道。不是。若是他時。又是一對兒。大官人再猜。西門慶道。乾娘我其實猜不着了。王婆冷冷笑道。不是。若是他時。好交大官人得知了罷。笑一聲。他的蓋老。便是街上賣炊餅的武大郎。西門慶聽了。跌脚笑道。莫不是人叫他三寸丁。谷樹皮的武大郎麽。王婆道。正是他。西門慶聽了。叫起苦來。說道。好一塊羊肉。怎生落在狗口裡。王婆道便是這般故事。自古駿馬却駝痴漢走。美妻常伴拙夫眠。月下老偏這等配合。西門慶道。乾娘。我少你多少茶果錢。王婆道。不多由他。歇些時却筭不妨。西門慶又道。你兒子王潮。跟誰出去了。王婆道。說不的。跟了一個淮上客人。至今不歸。又不知死活。西門慶道。却不交他跟我。那孩子倒乖覺伶俐。王婆道。若得大官人檯舉他時十分之好。西門慶道。待他歸來。却再計較。說畢。
大謝起身去了。約莫未及兩個時辰。又踅將來王婆門首簾邊
坐的。朝着武大門前半歇。王婆出來道。大官人吃個梅湯。西門
慶道最好。多加些酸味兒。王婆做了個梅湯。雙手遞與西門慶
吃了。將盞子放下。西門慶道。乾娘你這梅湯做得好。有多少在
屋裡。王婆笑道。老身做了一世媒。那討得不在屋裡。西門慶笑
我問你這梅湯。你却說做媒。差了多少。王婆道。老身只聽得大
官人問這媒做得好。老身道說做媒。西門慶道。乾娘你既是撮
合山也與我做頭媒。說道好親事。我自重重謝你。王婆道。看這
大官人作戲。你宅上大娘子得知。老婆子這臉上怎乞得那等
刮子。西門慶道。我家大娘子。最好性格。見今也有幾個身邊人

在家只是沒一個中得我意的。你有這般好的。與我主張一個。便來說也不妨。若是回頭人兒也好。只是要中得我意。王婆道。前日有一個到好。只怕大官人不要。西門慶道。若是好時。與我說成了。我自重謝你。王婆道。生的十二分人才。只是年紀大些。西門慶道。自古半老佳人可共。便差一兩歲也不打緊。眞個多少年紀。王婆子道。那娘子是丁亥生屬猪的。交新年恰九十三歲了。西門慶笑道。你看這風婆子。只是扯着風臉取笑。說畢。西門慶笑了起身去。看看天色晚了。王婆却纔點上燈來。正要關門。只見西門慶又踅將來。逕去簾子底下。拿櫈子上坐了。朝着武大門前。只顧將眼睃望。王婆道。大官人吃個和合湯。西門慶道。最好。乾娘放甜些。王婆連忙取一鍾來。與西門慶吃了。坐到晚夕起身道乾娘記了帳目明日一發還錢王婆道由他伏惟安置來日再請過論西門慶笑了去到家甚是寢食不安一片心只在婦人身上當晚無話次日清晨王婆却纔開門把眼看外時只見西門慶又早在街前來回踅走王婆道這刷子踅得緊你看我着些甜糖抹在這廝鼻子上交他抵不着那廝全討縣里人便益且交他來老娘手裡納些敗鈔撰他幾貫風流錢使原來這開茶坊的王婆子也不是守本分的便是積年通殷勤做媒婆做賣婆做牙婆又會收小的也會抱腰又善放刁還有一件不可說鬏髻上着緑陽臘灌腦袋端的看不出這婆子的本事來但見

開言欺陸賈出口勝隨何只憑說六國唇鎗全仗話三齊舌

劒隻鸞孤鳳。霎時間交仗成雙。寡婦鰥男。一席話搬唆擺對。解使三里門內女。遮麽九皈殿中仙。玉皇殿上侍香金童。把臂拖來。王母宮中。傳言玉女。攔腰抱住。畧施奸計。使阿羅漢。抱住比丘尼。纔用機關。交李天王摟定鬼子母。甜言說誘。男如封涉也生心。軟語調和。女似麻姑須亂性。藏頭露尾。攛掇淑女害相思。送暖偷寒。調弄嫦娥偷漢子。這婆子。端的慣調風月巧排常在公門操鬪毆。

這婆子正開門。在茶局子裡整理茶鍋。張見西門慶。踅過幾遍。奔入茶局子水簾下。對着武大門首。不住把眼只望簾子裡瞧。王婆只推不看見。只顧在茶局子內搧火。不出來問茶。西門慶叫道。乾娘點兩盞茶來我吃。王婆應道。大官人來了。連日少見。

且請坐不多時便濃濃點兩盞稠茶放在桌子上西門慶道乾娘相陪我吃了茶王婆哈哈笑道我又不是你影射的緣何陪着你吃茶西門慶也笑了一會便問乾娘間壁賣的是甚麼王婆道他家賣的拖煎河漏子乾巴子肉翻包着菜肉匾食餃窩窩蛤蜊麪熱盪溫和大辣酥西門慶笑道你看這風婆子只是風王婆笑道我不是風他家自有親老公西門慶道我和你說正話他家如法做得好炊餅我要問他買四五十個拏的家去王婆道若要買他燒餅少間等他街上回來買何消上門上戶西門慶道乾娘說的是吃了茶坐了一會起身去了良久王婆只在茶局里比時冷眼張見他在門前踅過東看一看又轉西去又復一復一連走了七八遍少頃逕入茶房裏來王婆道大

官人僥倖。好幾日不見面了。西門慶便笑將起來。去身邊摸出一兩一塊銀子。遞與王婆。說道乾娘。權且收了。做茶錢。王婆笑道。何消得許多。西門慶道。多者乾娘只顧收着。婆子暗道。來了。這刷子當敗。且把銀子收了。到明日與老娘做房錢。便道老身看大官人有些渴。吃了寬蒸茶兒如何。西門慶。如何乾娘便猜得着。婆子道。有甚難猜處。自古入門休問榮枯事。觀看形容便得知。老身異樣蹺蹊。古怪的事。不知猜勾多少。西門慶道。我有一件心上的事。乾娘若猜得着時。便輸與你五兩銀子。王婆笑道。老娘也不消三智五猜。只一智。便猜個中節。大官人。你將耳朶來。你這兩日。脚步見勤。赶趂得頻。已定是計掛着間壁那個人。我這猜如何。西門慶笑將起來。道乾娘端的智賽隨何。機強陸賈。不瞞乾娘說。不知怎的。吃他那日叉簾子時。見了一面。恰似收了我三魂六魄的一般。日夜只是放他不下。到家茶飯懶吃。做事沒入腳處。不知你會弄手段麼。王婆冷冷笑道。老身不瞞大官人說。我家賣茶。叫做鬼打更。三年前十月初三日。下大雪。那一日賣了个泡茶。直到如今不發市。只靠些雜趂養口。西門慶道。乾娘如何叫做雜趂。王婆笑道。老身自從三十六歲沒了老公。丟下這個小廝。無得過日子。迎頭兒跟着人說媒。次後攬人家些衣服賣。又與人家抱腰。收小的。閒常也會做牽頭。做馬伯六。也會針灸看病。也會做貝戎兒。西門慶聽了。笑將起來。我並不知乾娘有如此手段。端的與我說這件事。我便送十兩銀子與你。做棺材本。你好交這雌兒。會我一面。王婆便哈哈笑了。有詩爲証。

西門浪子意猖狂　死下工夫戲女娘

虧殺賣茶王老母　生交巫女會襄王

畢竟婆子。有甚計策說來。要知後項事情。且聽下回分解。

第三回　定挨光虔婆受賄

聯經出版事業公司景印版

設圈套浪子私挑

第三回

王婆定十件挨光計　西門慶茶房戲金蓮

色不迷人人自迷　迷他端的受他虧
精神耗散容顏淺　骨髓焦枯氣力微
犯着姦情家易散　染成色病藥難醫
古來飽煖生閒事　禍到頭來總不知

話說西門慶央王婆。一心要會那雌兒一面。便道乾娘。你端的與我說這件事成。我便送十兩銀子與你。王婆道。大官人。你聽我說。但凡挨光的兩個字最難。怎的是挨光。似如今俗呼偷情就是了。要五件事俱全。方纔行的。第一要潘安的貌。第二要驢大行貨。第三要鄧通般有錢。第四要青春小少。就要綿裡針一般軟款忍耐第五要閑工夫此五件唤做潘驢鄧小閑都全了此事便獲得着西門慶道實不瞞你說這五件事我都有第一件我的貌雖比不得潘安也充得過第二件我小時在三街兩巷遊串也曾養得好大龜第三我家里也有幾貫錢財雖不及鄧通也頗得過日子第四我最忍耐他便就打我四百頓休想我回他一拳第五我最有閑工夫不然如何來得恁勤乾娘你自作成完備了時我自重重謝你西門慶當日意已在言表王婆道大官人你說伍件事多全我知道還有一件事打攪也多是成不得西門慶道且說甚麽一件事打攪王婆道大官人休恠老身直言但凡挨光最難十分肯使錢到九分九厘也有難成處我知你從來好慳不肯胡亂便使錢只這件打攪西門慶

道。這個容易。我只聽你言語便了。王婆道。若大官人肯使錢時老身有一條妙計。須交大官人和這雌兒會一面。只不知大官人肯依我麽。西門慶道。不揀怎的。我都依你。端的有甚妙計。王婆笑道。今日晚了。且回去過半年三個月來商量。西門慶央及道。乾娘你休撒科。自作成我則個。恩有重報。王婆笑哈哈道。大官人却又慌了。老身這條計。雖然入不得武成王廟。端的强似孫武子教女兵。十捉八九着。大官人占用。今日實對你說了罷。這個雌兒來歷。雖然微末出身。却倒百伶百俐。會一手好彈唱。針指女工。百家奇曲。雙陸象棋。無般不知。小名叫做金蓮。娘家姓潘。原是南關外潘裁的女兒。賣在張大戶家。學彈唱。後因大戶年老。打發出來。不要武大一文錢。白白與了他爲妻。這幾年武大為人軟弱。每日早出晚歸。只做買賣。這雌兒等閑不出來。老身無事。常過去與他閑坐。他有事亦來請我理會。他也叫我做乾娘。武大這兩日出門早。大官人如幹此事。便買一疋藍紬。一疋白紬。一疋白絹。再用十兩好綿。都把來與老身。老身却走過去。問他借曆日。央及人揀個好日期。叫個裁縫來做。他若見我這般來說。揀了日期。不肯與我來做時。此事便休了。他若歡天喜地。說我替你做。不要我叫裁縫。這光便有一分了。我便請得他來做。就替我裁。這便二分了。他若來做時。午間我却安排些酒食點心請他吃。他若說不便當。定要將去家中做。此事便休了。他不言語吃了時。這光便有三分了。這一日你也莫來。直到第三日。晌午前後。你整整齊齊。打扮了來。以咳嗽為號。你在門前。叫道怎的連日不見王乾娘。我來買盞茶吃。我便出來請你入房里坐吃茶。他若見你。便起身來。走了歸去。難道我扯住他不成。此事便休了。他若見你入來。不動身時。這光便有四分了。坐下時。我便對雌兒說道。這個便是與我衣施主的官人。虧殺他。我便誇大官人許多好處。你便賣弄他針指。若是他不來兜攬答應時。此事便休了。他若口里答應。與你說話時。這光便有五分。我却難爲這位娘子。與我作成出手做。虧殺你兩施主。一個出錢。一個出力。不是老身路岐相央。難得這位娘子。在這里。官人做個主人。替娘子澆澆手。你便取銀子出來。央我買。若是他便走時。不成我扯住他。此事便休了。若是不動身時。事務易成。這光便有六分了。我却拏銀子。臨出門時。對他說。有勞娘子相待官人坐一坐、他若起身走了家去、我難道阻當他。此事便休了。若是他不起身。又好了、這光便有七分了。待我買得東西。提在卓子上、便說娘子、且收拾過生活去。且吃一盃兒酒。難得這官人壞錢、他不肯和你同卓吃、去了。回去了、此事便休了。若是只口里說要去。却不動身、此事又好了、這光便有八分了。待他吃得酒濃時、正說得入港。我便推道沒了酒。再交你買。你便拏銀子、又央我買酒去。并果子來配酒。我把門拽上、關你和他兩個在屋里、若焦躁跑了歸去時、此事便休了。他若由我拽上門。不焦躁時。這光便有九分、只欠一分了、便完就這一分倒難。大官人。你在房里。便着幾句甜話兒。說入去。却不可燥爆便去動手動脚、打攪了事那時。我不管你。你先把袖子、向卓子上

拂落一雙筯下去。只推拾筯。將手去他脚上揑一揑。他若鬧將
起來。我自來搭救。此事便收了。再也難成。若是他不做聲時。此
事十分光了。他必然有意。這十分光做完備。你怎的謝我。西門
慶聽了大喜道。雖然上不得凌烟閣。乾娘你這條計。端的絶品
好妙計。王婆道。却不要忘了。許我那十兩銀子。西門慶道。便得
一片橘皮吃。切莫忘了洞庭河。這條計。乾娘幾時可行。王婆道。
亦只今晚來有回報。我如今趂武大未歸。過去問他。借暦日細
細說念他。你快使人送將紬絹綿子來。休要遲了。西門慶道乾
娘若完成得這件事。如何敢失信。于是作别了王婆。離了茶肆。
就去街上買了紬絹三疋。并十兩銀子。清水好綿。家里叫了個
貼身答應的小厮。名喚玳安。用包袱包了。一直送入王婆家來。

王婆歡喜收下。打發小廝回去。正是雲雨幾時就。空使襄王築楚臺。有詩爲証。

兩意相投似蜜甜　王婆撮合更搜奇
安排十件挨光計　管取交歡不負期

當下王婆。收了紬絹綿子。開了後門。走過武大家來。那婦人接着。請去樓上坐的。王婆道。娘子怎的這兩日。不過貧家吃茶。那婦人道。便是我這幾日。身子不快。懶去走動。王婆道。娘子家里有曆日。借與老身看一看。要個裁衣的日子。婦人道。乾娘裁甚衣服。王婆道。便是因老身。十病九痛。怕一時有些山高水低。我兒子又不在家。婦人道。大哥怎的一向不見。王婆道。那廝跟了個客人在外邊。不見個音信回來。老身日逐耽心不下。婦人道。

大哥今年多少青春。王婆道。那厮十七歲了。婦人道怎的不與他尋個親事。與乾娘也替得手。王婆道因是這等說家中沒人待老身東擯西補的來。早晚也替他尋下個兒等那厮來。却再理會見。如今老身白日黑夜。只發喘咳嗽。身子打碎般睡不倒的只害疼。一時先要預備下送終衣服難得一個財主官人常在貧家吃茶但凡他宅里看病買使女說親見老身這般本分大小事兒無不照顧老身。又布施了老身一套送終衣料紬絹表裡俱全。又有若干好綿放在家里。一年有餘不能勾閑做得。今年覺得好生不濟。不想又撞着閏月。趂着兩日倒閑要做又被那裁縫勒揹。只推生活忙不肯來做。老身說不得這苦也那婦人聽了笑道。只怕奴家做得不中意。若是不嫌時奴這幾日倒問出手與乾娘做如何那婆子聽了堆下笑來說道若得娘子貴手做時老身便死也得好處去久聞娘子好針指只是不敢來相央那婦人道這個何妨既是許了乾娘務要與乾娘做了將曆日去交人揀了黃道好日奴便動手王婆道娘子休推老身不知你詩詞百家曲兒內字樣你不知全了多少如何交人看曆日婦人微笑道奴家自幼失學婆子道好說好說便取曆日遞與婦人婦人接在手內看了一回道明日是破日後日也不好直到外後日方是裁衣日期王婆一把手取過曆頭來掛在墻上便道若得娘子肯與老身做時就是一點福星何用選日老身也曾央人看來說明日是個破日老身只道裁衣日不用破日不忌他那婦人道歸壽衣服正用破日便好王婆道

既是娘子肯作成老身膽大只是明日起動娘子到寒家則個
那婦人道不必將過來做不得王婆道便是老身也要看娘子
做生活又怕門首沒人婦人道既是這等說奴明日飯後過來
那婆子千恩萬謝下樓去了當晚回覆了西門慶話約定後日
准來當夜無話次日清晨王婆收拾房內乾淨預備下針線安
排了茶水在家等候且說武大吃了早飯挑着担兒自出去了
那婦人把簾兒掛了分付迎兒看家從後門走過王婆家來那
婆子歡喜無限接入房里坐下便濃濃點一盞胡桃松子泡茶
與婦人吃了抹得桌子乾淨便取出那紬絹三疋來婦人量了
長短裁得完備縫將起來婆子看了口裡不住聲假喝采道好
手段老身也活了六七十歲眼裡真個不曾見這個好針線那

婦人縫到日中。王婆安排些酒食請他。又下了一筯麪。與那婦人吃。再縫一歇。將次晚來。便收拾了生活。自歸家去。恰好武大挑担兒進門。婦人拽門下了簾子。武大入屋裡。看見老婆面色微紅。問道你那裡來。婦人應道。便是間壁乾娘央我做送終衣服。日中安排了些酒食點心。請我吃。武大道你也不要吃他的纔得。我們也有央及他處。他便央你做得衣裳。你便自歸來吃些點心不值得。甚麽便攪擾他。你明日再去做時。帶些錢在身邊。也買些酒食與他回禮。常言道遠親不如近隣。休要失了人情。他若不肯交你還禮時。你便拏了生活來家做。還與他便了。有詩爲証。

阿母牢籠設計深　大郎愚鹵不知音

帶錢買酒酬奸詐　　却把婆娘自送人

婦人聽了武大言語。當晚無話。次日飯後。武大挑担兒出去了。王婆便踅過來相請。婦人去到他家房里。取出生活來。一向縫起。王婆忙點茶來。與他吃了茶。看看縫到日中。那婦人向袖中取出三百文錢來。向王婆說道。乾娘。奴和你買盞酒吃。王婆道。阿呀。那里有這個道理。老身央及娘子在這里做生活。如何交娘子倒出錢。婆子的酒食不到吃傷了哩。那婦人道。却是拙夫分付奴來。若是乾娘見外時。只是將了家去。做還乾娘便了。那婆子聽了道。大郎直恁地曉事。既然娘子這般說時。老身且收下。這婆子生怕打攪了事。自又添錢去買好酒好食。希奇果子來。慇懃相待。看官聽說。但凡世上婦人。由你十八分精細。被小意兒過縱十個九個着了道兒這婆子安排了酒食點心請那婦人吃了再縫了一歇看看晚來千恩萬謝歸去了話休絮煩第三日早飯後王婆只張武大出去了便走過來後門首叫道娘子老身大胆那婦人從樓上應道奴却待來也兩個厮見了來到王婆房里坐下取過生活來縫那婆子隨即點盞茶來兩個吃了婦人看看縫到晌午前後却說西門慶巴不到此日打選衣帽齊齊整整身邊帶着三五兩銀子手拏着洒金川扇兒搖搖擺擺逕往紫石街來到王婆門口茶坊門首便咳嗽道王乾娘連日如何不見那婆子瞧利便應道兀的誰叫老娘西門慶道是我那婆子赶出來看了笑道我只道是誰原來是大官人你來得正好且請入屋里去看一看把西門慶袖子只一拖

拖進房里來看那婦人道這個便是與老身衣料施主官人西門慶睜眼看着那婦人雲鬟疊翠粉面生春上穿白夏布衫兒桃紅裙子藍比甲正在房裡做衣服見西門慶過來便把頭低了這西門慶連忙向前屈身道喏那婦人隨即放下生活還了萬福王婆便道難得官人與老身段疋紬絹放在家一年有餘不曾做得虧殺隣家這位娘子出手與老身做成全了真個是布機也似針線縫的又好又密真個難得大官人你過來且看一看西門慶把起衣服來看了一面喝采口裡道這位娘子傳得這等好針指神仙一般的手段那婦人笑道官人休笑話西門慶故問王婆道乾娘不敢動問這娘子是誰家宅上的娘子王婆道大官人你猜西門慶道小人如何猜得着王婆哈哈

笑道大官人你請坐我對你說了罷那西門慶與婦人對面坐下那婆子道好交大官人得知了罷大官人你那日屋簷下頭過打得正好西門慶道就是那日在門首叉竿打了我網巾的倒不知是誰宅上娘子婦人笑道那日奴悞冲撞官人休怪一面立起身來道了個萬福那西門慶慌的還禮不迭因說道小人不敢王婆道就是這位却是間壁武大郎的娘子西門慶道原來就是武大郎的娘子小人只認的大郎是個養家經紀人且是街上做買賣大大小小不曾惡了一個又會撰錢又且好性格真個難得這等人王婆道可知哩娘子自從嫁了這大郎但有事百依百隨且是合得着這婦人道拙夫是無用之人官人休要笑話西門慶道娘子差矣古人道柔軟是立身之本剛

强是惹禍之胎似娘子的夫主所爲良善時萬丈水無涓滴漏
一生只是志誠爲倒不好王婆一面打着攛鼓兒說西門慶奨
了一回王婆因望婦人說道娘子你認得這位官人麽婦人道
不認得婆子道這位官人便是本縣裡一個財主知縣相公也
和他來往叫做西門大官人家有萬萬貫錢財在縣門前開生
藥舖家中錢過北斗米爛成倉黃的是金白的是銀圓的是珠
白的是寶也有犀牛頭上角大象口中牙又放官吏債結識人
他家大娘子也是我說的媒也是吳千戶家小姐生的百伶百
俐因問大官人怎的連日不過貧家吃茶西門慶道便是連日
家中小女有人家定了不得閑來婆子道大姐有誰家定了怎
的不請老身去說媒西門慶道被東京八十萬禁軍楊提督親

家陳宅。合成帖兒。他兒子陳經濟。纔十七歲。還上學堂。不是也請乾娘說媒。他那邊有了個文嫂兒來討帖兒。俺這里又便常在家中走的賣翠花的薛嫂兒。同做保。即說此親事。乾娘若肯去到明日下小茶。我使人來請你。婆子哈哈笑道。老身哄大官人耍子。俺這媒人們都是狗娘養下來的。他們說親時又沒我做成的熟飯兒。怎肯搭上老身一分。常言道。當行厭當行。到明日娶過了門時。老身胡亂三朝五日。拏上些人情去走走。討得一張半張卓面。到是正景。怎的好和人鬪氣。兩個一遞一句。說了一回。婆子只顧誇獎西門慶口裏假嘈。那婦人便低了頭。縫針線。有詩爲証。

水性從來是女流　背夫常與外人偷

金蓮心愛西門慶　淫蕩春心不自由

西門慶見金蓮十分情意欣喜恨不得就要成雙王婆便去點兩盞茶來遞一盞與西門慶一盞與婦人說道娘子相待官人吃些茶吃畢便覺有些眉目送情王婆看着西門慶把手在臉上摸一摸西門慶已知有五分光了自古風流茶說合酒是色媒人王婆便道大官人不來老身也不敢去宅上相請一者緣法撞遇二者來得正好常言道一客不煩二主大官人便是出錢的這位娘子便是出力的虧殺你這兩位施主不是老身路岐相煩難得這位娘子在這里官人好與老身做個主人拏出些銀子買些酒食來與娘子澆澆手如何西門慶道小人也見不到這裡有銀子在此便向茄袋裡取出來約有一兩一塊遞

與王婆子交倚辦酒食那婦人便道不消生受官人口裡說着却不動身王婆將銀子臨出門便道有勞娘子相陪大官人坐一坐我去就來那婦人道乾娘免了罷却亦不動身也是姻緣都有意了王婆便出門去了丟下西門慶和那婦人在屋裏這西門慶一雙眼不轉睛只看着那婦人那婆娘也把眼來偷睃西門慶見了他這表人物心中到有五七分意了又低着頭只做生活不多時王婆買了見成肥鵞燒鴨熟肉鮮鮓細巧果子歸來盡把盤碟盛了擺在房里卓子上看那婦人道娘子且收拾過生活吃一盃兒酒那婦人道你自陪大官人吃奴却不當那婆子道正是專與娘子澆手如何却說這話一面將盤饌却擺在面前三人坐在把酒來斟這西門慶拏起酒盞來遞與婦

人說道，請不棄滿飲此盃，婦人謝道，多承官人厚意，奴家量淺，吃不得，王婆道，老身知得娘子洪飲，且請開懷吃兩盞兒，有詩為証，

從來男女不同筵　賣俏迎奸最可憐
不獨文君奔司馬　西門今亦遇金蓮

那婦人一面接酒在手，向二人各道了萬福，西門慶拏起筯來，說道，乾娘替我勸娘子些菜兒，那婆子揀好的遞將過來與婦人吃，一連斟了三巡酒，那婆子便去盪酒來，西門慶道，小人不敢動問娘子青春多少，婦人應道，奴家虛度二十五歲，屬龍的，正月初九日丑時生，西門慶道，娘子到與家下賤累同庚，也是庚辰屬龍的，只是娘子月分大七個月，他是八月十五日子時

婦人道將天比地折殺奴家王婆便插口道好個精細的娘子百伶百俐又不枉了做得一手好針線諸子百家雙陸象棋拆牌道字皆通一筆好寫西門慶道却是那里去討武大郎好有福招得這位娘子在屋里王婆道不是老身說是非大官人宅上有許多那里討得一個似娘子的西門慶道便是這等一言難盡只是小人命薄不曾招得一個好的在家里王婆道大官人先頭娘子須也好西門慶道休說我先妻若是他在時却不恁的家無主屋倒竪如今身邊枉自有三五七口人吃飯都不管事那婦人便問大官人恁的時沒了大娘子得幾年了西門慶道說不得小人先妻陳氏雖是微末出身却倒百伶百俐是件都替的小人如今不幸他沒了已過三年來也繼娶這個賤累

又常有疾病不管事家里的勾當都七顛八倒爲何小人只是走了出來在家里時便要嘔氣婆子道大官人休怪我直言你先頭娘子并如今娘子也没武大娘子這手針線這一表人物西門慶道便是先妻也没武大娘子這一般兒風流那婆子笑道官人你養的外宅東街上住的如何不請老身去吃茶西門慶道便是唱慢曲兒的張惜春我見他是路歧人不喜歡婆子又道官人你和勾欄中李嬌兒却長久西門慶道這個人見今巳娶在家里若得他會當家時自册正了他王婆道與卓二姐却相交得好西門慶道卓丢兒我也娶在家做了第三房近來得了個細疾白不得好婆子道若有似武大娘子這般中官人意的來宅上說不妨事麼西門慶道我的爹娘俱巳没了我自

主張誰敢說個不字。王婆道。我自說要急切便那里有這般中官人意的。西門慶道。做甚麼便沒。只恨我夫妻緣分上薄。自不撞着哩。西門慶和婆子。一遞一句。說了一回。王婆道。正好吃酒却又沒了。官人休怪老身差撥。買一瓶兒酒來吃如何。西門慶便把茄袋內。還有三四兩散銀子。都與王婆。說道。乾娘。你拏了去要吃時。只顧取來。多得乾娘便就收了。那婆子謝了官人。起身睃那粉頭時。三鍾酒下肚。烘動春心。又自兩個言來語去。都有意了。只低了頭。不起身。正是滿前野意無人識。幾朶碧桃春自開。有詩為証。

眼意眉情卒未休　姻緣相湊遇風流

王婆貪賄無他技　一味花言巧舌頭

畢竟未知後來如何且聽下回分解

第四回　赴巫山潘氏幽歡

聯經出版事業公司
景印版

鬧茶坊鄆哥義憤

第四回

淫婦背武大偷姦　鄆哥不憤鬧茶肆

酒色多能悞國邦　由來美色喪忠良
紂因妲巳宗祀失　吳爲西施社稷亡
自愛青青行處樂　豈知紅粉笑中殃
西門貪戀金蓮色　内失家麋外趕傕

話説王婆拏銀子出門。便向婦人。滿面堆下笑來。說道老身去那街上。取瓶兒酒來。有勞娘子相待官人坐一坐。壺裡有酒。沒便再篩兩盞兒。且和大官人吃着。老身直去縣東街那里。有好酒買一瓶來。有好一歇兒耽閣。婦人聽了。說乾娘休要去。奴酒多不用了。婆子便道。阿呀。娘子大官人。又不是別人。沒事相陪吃一盞兒怕怎的。婦人口裡說不用了。坐着却不動身。婆子一面把門拽上。用索兒拴了。倒關他二人在屋裏。當路坐了。一頭續着鎖。却說西門慶在房里。把眼看那婦人。雲鬟半嚲。酥胸微露。粉面上顯出紅白來。一徑把壺來斟酒。勸那婦人酒。一回推害熱。脫了身上綠紗褶子。央煩娘子。替我搭在乾娘護炕上。那婦人連忙用手接了過去。搭放停當。這西門慶故意把袖子在桌上一拂。將那雙筯。拂落在地下來。一來也是緣法奏巧。那雙筯正落在婦人脚邊。這西門慶。連忙將身下去拾筯。只見婦人尖尖趫趫剛三寸。恰半扠。一對小小金蓮。正趫在筯邊。西門慶且不拾筯。便去他綉花鞋頭上。只一捏。那婦人笑將起來。說道官人休要囉唣。你有心。奴亦有意。你真個勾搭我。西門慶便雙膝跪下。說道娘子。作成小人則個。那婦人便把西門慶摟將起來。說只怕乾娘來撞見。西門慶道不妨。乾娘知道。當下兩個就在王婆房裡脫衣解帶共枕同歡但見

交頸夗央戲水。並頭鸞鳳穿花。喜孜孜連理枝生。美甘甘同心帶結。一個將朱唇緊貼。一個粉臉斜偎。羅襪高挑。肩膊上露兩灣新月。金釵斜墜。枕頭邊堆一朵烏雲。誓海盟山。搏弄得千般嬌妮。羞雲怯雨。揉搓的萬種妖嬈。恰恰鶯聲。不離耳畔。津津甜唾。笑吐舌尖。楊柳腰。脈脈春濃。櫻桃口。微微氣喘星眼朦朧。細細汗流香玉顆。酥胸蕩漾。涓涓露滴牡丹心。直饒匹配眷姻諧。真個偷情滋味美。

當下二人雲雨纔罷。正欲各整衣襟。只見王婆推開房門入來。

大驚小怪、拍手打掌。說道你兩個做得好事。西門慶。和那婦人都吃了一驚。那婆子。便向婦人道。好呀好呀。我請你來做衣裳不曾交你偷漢子。你家武大郎知。須連累我不若我先去對武大說去。回身便走。那婦人慌的扯住他裙子。便雙膝跪下。說道乾娘饒恕王婆道。你們都要依我一件事。婦人便道。休說一件。便是十件、奴也依乾娘。王婆道。從今日為始。瞞着武大每日休要失了大官人的意。早叫你早來。晚叫你晚來。我便罷休。若是一日不來。我便就對你武大說。那婦人說。我只依着乾娘說便了。王婆又道。西門大官人。你自不用着老身說得。這十分好事。已都完了。所許之物。不可失信。你若負心。一去了不來。我也要對武大說。西門慶道。乾娘放心。並不失信。婆子道。你每二人。出語無憑當各人留下件表記物件。拏着纔見真情西門慶便向頭上拔下一根金頭銀簪。又來插在婦人雲髮上。婦人除下來袖了。恐怕到家武大看見生疑。一面亦將袖中巾帕。遞與西門慶收了。三人又吃了幾杯酒。已是下午時分。那婦人便起身道。武大那厮也是歸來時分。奴回家去罷。便拜辭王婆西門慶。踅過後門歸來。先去下了簾子。武大恰好進門。且說王婆看着西門慶道。好手段麼。西門慶道。端的虧了乾娘。智賽隨何。機强陸賈。女兵十個九個都出不了乾娘手。王婆又道。這雌兒風月如何。西門慶道。這色系子女不可言。婆子道。他房里彈唱姐兒出身甚麼事兒不久慣。知道得還虧老娘把你兩個生扭做夫妻。强撮成配。你所許老身東西休要忘了。西門慶道。乾娘這般費心。

我到家。便取定銀子送來。所許之物。豈肯昧心。王婆道。眼望旌節至。耳聽好消息。不要交老身棺材出了。討挽歌郎錢。西門慶道。但得一片橘皮吃。且莫忘了洞庭湖。一面看街上無人。帶上眼罩。笑了去。不在話下。到次日。又來王婆家討茶吃。王婆讓坐。連忙點茶來吃了。西門慶便向袖中。取出一錠十兩銀子來。遞與王婆。但凡世上人錢財。能動人意。那婆子黑眼睛見了雪花銀子。一面歡天喜地收了。一連道了兩個萬福。說道多謝大官人布施。因向西門慶道。這咱晚。武大還未見出門。待老身往他家。推借瓢看一看。一面從後門踅過婦人家來。婦人正在房中。打發武大吃飯。聽見叫門。問迎兒是誰。迎兒道。是王奶奶來借瓢。婦人連忙迎將出來。道乾娘有瓢。一任拏去。且請家里坐。婆子道老身那邊無人因向婦人使手勢婦人就知西門慶來了在那邊婆子拏瓢出了門一力攛掇武大吃了飯挑担出去了先到樓上從新粧點換了一套艷色新衣分付迎兒好生看家我往你王奶家坐一坐就來若是你爹來時就報我知道若不聽我說打下你這個小賤人下截來迎兒應諾不題婦人一面走過王婆茶坊里來和西門慶做一處正是合歡杏卷春堪笑裏許原來別有人有詞單道這雙關二意爲証

這瓢是瓢口兒小身子兒大你幼在春風棚上恁兒高到大來人難要他怎肯守定顏回甘貧樂道專一趂東風水上漂有疾被他撞倒無情被他罣着到底被他纏住拏着也曾在馬房里餧料也曾在茶房裡來叫如今弄的許由也不要赤

道黑洞洞葫蘆中賣的甚麼藥。

那西門慶見婦人來了。如天上落下來一般。兩個並肩疊股而坐王婆一面點茶來吃了。因問昨日歸家武大沒問甚麼。婦人道他問乾娘衣服做了不曾我便說衣服做了。還與乾娘做送終鞋襪說畢。婆子連忙安排上酒來擺在房內。二人交盃暢飲。這西門慶仔細端詳那婦人比初見時越發標致吃了酒粉面上透出紅白來。兩道水鬢描畫的長長的。端的平欺神仙賽過姮娥有詩為証。

動人心紅白肉色堪人愛。可意裙釵。裙拖着翡翠。紗衫袖挽泥金摞。喜孜孜寶髻斜歪。恰便似月裏姮娥下世來。不枉了千金也難買。

西門慶誇之不足。摟在懷中。掀起他裙來。看見他一對小脚。穿着老鴉段子鞋兒。恰剛半扠。心中甚喜。一遞一口。與他吃酒。嘲問話兒。婦人因問西門慶。貴庚。西門慶告他說屬虎的。二十七歲。七月二十八日子時生。婦人問家中有幾位娘子。西門慶道。除下拙妻。還有三四個身邊人。只是沒一個中我意的。婦人又問幾位哥兒。西門慶道。只是一個小女。早晚出嫁。並無娃兒。西門慶嘲問了一回。向袖中取出銀穿心。金裹面盛着香茶木樨餅兒來。用舌尖遞送與婦人。兩個相摟相抱。如蛇吐信子一般。嗚咂有聲。那王婆子只管往來拿菜篩酒。那里去管他閑事。由着二人在房內。做一處取樂頑耍。少頃。吃得酒濃。不覺烘動春心。西門慶色心輙起。露出腰間那話。引婦人纖手捫弄。原來西門慶。自幼常在三街四巷養婆娘。根下猶來着銀打就藥煑成的托子。那話約有許長大。紅赤赤黑鬚。直竪竪堅硬。好個東西。有詩单道其態爲証。

一物從來六寸長　有時柔軟有時剛
軟如醉漢東西倒　硬似風僧上下狂
出牝入陰爲本事　腰州臍下作家鄉
天生二子隨身便　曾與佳人闘幾場

少頃婦人脫了衣裳。西門慶摸見牝户上。並無毳毛。猶如白馥馥。鼓蓬蓬。軟濃濃。紅縐縐。緊湫湫。千人愛萬人貪。更不知是何物。有詩爲証。

温緊香乾口賽蓮　能柔能軟最堪憐

喜便吐舌開口笑　困時隨力就身眠

內襠縣里爲家業　薄草崖邊是故園

若遇風流清子弟　等閒戰鬭不開言

話休饒舌。那婦人自當日爲始。每日踅過王婆家來。和西門慶做一處。恩情似漆。心意如膠。自古道好事不出門。惡事傳千里。不到半月之間。街坊鄰舍都曉的了。只瞞着武大一個不知。正是自知本分爲活計。那曉防奸革弊心。有詩爲証。

好事從來不出門　惡言醜行便彰聞

可憐武大親妻子　暗與西門作細君

話分兩頭。且說本縣有個小的。年方十五六歲。本身姓喬。因爲做軍在鄆州生養的。人取名叫做鄆哥兒。家中止有個老爹。年紀高大那小廝生的乖覺。自來只靠縣前、這許多酒店裏、賣些時新菓品。如常得西門慶、賫發他些盤纏。其日正尋得一籃兒雪梨提着。遶街尋西門慶、又有一等多口人說鄆哥、你要尋他。我教一個去處。一尋一個着。鄆哥道、聒譟老叔、教我去。尋得他見撰得三五十錢。養活老爹。也是好處。那多口道。我說與你罷、西門慶刮剌上賣炊餅的武大老婆、每日只在紫石街。王婆茶房里坐的、這早晚。多定只在那里。你小孩子家。只故撞入去。不妨。那鄆哥得了這話。謝了阿叔指教、這小猴子。提了籃兒。一直往紫石街走來、逕奔入王婆子茶房里去。却好正見王婆、坐在小櫈兒上績苧蔴線。鄆哥把籃兒放下。看着王婆道。乾娘聲喏。那婆子問道。鄆哥你來這里做甚麼。鄆哥道。要尋大官人。撰三五十錢。養活老爹。婆子道。甚麽大官人。鄆哥道。情知是那個。便只是他那個。婆子道。便是大官人。也有姓名。鄆哥道。便是兩個字的。婆子道。甚麽兩個字的。鄆哥道。乾娘。只是要作耍。我要和西門大官說句話兒。望裡便走。那婆子一把手便揪住道。這小猴子。那里去。人家屋裡。各有内外。鄆哥道。我去房裏便尋出來。王婆罵道。含鳥小猴猻。我屋裏。那討甚麽西門大官。鄆哥道。乾娘。不要獨自吃。你也把些汁水與我呷一呷。我有甚麽不理會得。婆子便罵道。你那小猢猻。理會得甚麽。鄆哥道。你正是馬蹄刀。水杓裏切菜。水泄不漏。半點兒也没多落在地。直要我說出來。只怕賣炊餅的哥哥發作。那婆子吃他這兩句道着他真病。心中大怒。喝道。含鳥小猢猻。也來老娘屋裡放屁。鄆哥道。我是小猢猻你是馬伯六做牽頭的老狗肉那婆子揪住鄆哥鑿上兩個栗暴鄆哥便叫道你做甚麽便打我婆子罵道賊肏娘的小猢猻你敢高則聲大耳刮子打出你去鄆哥道賊老咬蟲沒事便打我這婆子一頭叉一頭大栗暴着直打出街上去把雪梨籃兒也丢出去那籃雪梨四分五落滚落了開去這小猴子打那虔婆不過一頭罵一頭哭一頭走一頭街上拾梨兒指着王婆茶房裏罵道老咬蟲我交你不要慌我不說與他也不做出來不信定然遭塌了你這塲門面交你撰不成錢使這小猴子提個籃兒逕奔街上尋這個人不見鄆哥尋這個人却正是王婆從前作過事今朝没與一齊來有分交

險道神脫了衣冠　小猴子泄漏出患害

畢竟未知道。鄆哥尋甚麼人。要知後項如何。且聽下回分解

第五回

捉姦情鄆哥設計

飲鴆藥武大遺殃

第五回

鄆哥幫捉罵王婆　淫婦藥酖武大郎

参透風流二字禪　好姻緣是惡姻緣
痴心做處人人愛　冷眼觀時個個嫌
野草閑花休採折　真姿勁質自安然
山妻稚子家常飯　不害相思不損錢

話說當下鄆哥。被王婆子打了。心中正沒出氣處。提了雪梨籃兒一逕奔來街上。尋武大郎。轉了兩條街巷。只見武大挑着炊餅担兒。正從那條街過來。鄆哥見了。立住了脚。看着武大道。這幾時不見你。吃得肥了。武大歇下担兒道。我只是這等模樣。有甚麼吃的肥處。鄆哥道。我前日要糴些麥粉。一地里沒糴處。人都道你屋里有。武大道。我屋裡並不養鵞鴨。那里有這麥粉。鄆哥道。你說沒粉麥。怎的賺得你恁肥胳胳的。便軟倒提起你來也不防。煑你在鍋里也沒氣。武大道。含鳥猢猻。倒罵得我好我的老婆。又不偷漢子。我如何是鴨。鄆哥道。你老婆不偷漢子。只偷子漢。武大扯住鄆哥道。還我主兒來。鄆哥道。我笑你只會扯我。却不道咬下他左邊的來。武大道。好兄弟。你對我說是誰。我把十個炊餅送你。鄆哥道。炊餅不濟事。你只做個東道。我吃三盃。我說與你。武大道。你會吃酒。跟我來。武大挑了担兒。引着鄆哥到個小酒店里。歇下担兒。拏幾個炊餅。買了些肉。討了一鏇酒。請鄆哥吃了。那小厮道。酒不要添。肉再切幾塊來。武大道。好兄弟。且說與我則個。鄆哥道。且不要慌。等我一發吃了。却說與你。你却不要氣苦。我自幇你打捉。武大看那猴子。吃了酒肉。你如今却說與我。鄆哥道。你要得知。把手來摸我頭上的肐胳。武大道。却怎的來有這肐胳。對你說，我今日將這籃雪梨去尋西門大官。掛一小勾子。一地里沒尋處。街上有人道。他在王婆茶坊里來。和武大娘子。勾搭上了。每日只在那里行走。我指望見了他。撰得三五十文錢使。叵耐王婆那老猪狗。不放我去。房里尋他。大栗暴打出我來。我特地來尋你。我方纔把兩句話來激你。我不激你時。你須不求問我。武大道。眞個有這等事。鄆哥道。又來了。我道你是這般屁鳥人。那厮兩個落得快活。只專等你出來。便在王婆房里做一處。你問道眞個也是假。莫不我哄你不成。武大聽罷道。兄弟。我實不瞞你說。我這婆娘。每日去王婆家里做衣服做鞋脚歸來便臉紅我先妻丟下個女孩兒要便朝打暮罵不與飯吃這兩日有些精神錯亂見了我不做喜歡我自也有些疑忌在心里這話正是了我如今寄了担兒便去捉奸如何鄆哥道你老大一條漢元來沒些見識那王婆老狗什麽利害怕人你如何出得他手他三人也有個暗號兒見你入來拏他他把你老婆藏過了那西門慶須了得打你這般二十個若捉他不着反吃他一頓好拳頭他又有錢有勢反告你一狀子你須吃他一場官司又沒人做主乾結果了你性命武大道兄弟你都說得是我却怎的出得這口氣鄆哥道我吃那王婆打了也沒出氣處我教一着今日歸去都不要發作也不要說自只做每日一般明朝便少做些炊餅出來賣我自在巷

口等你若是見西門慶入去時我便來叫你你便挑着担兒只在左邊等我我先去惹那老狗他必然來打我我先把籃兒丢在街心來你却搶入我便一頭頂住那婆子你便奔入房里去叫起屈來此計如何武大道既是如此却是虧了兄弟我有數十貫錢我把與你去你可明日早早來紫石街巷口等我鄆哥得了幾貫錢并幾個炊餅自去了武大還了酒錢挑了担兒自去賣了一遭歸去原來那婦人往常時只是罵武大百般的欺負他近日來也自知禮虧只得窩盤他些個當晚武大挑了担兒歸來也是和往日一般並不題起別事那婦人道大哥買盞酒吃武大道却纔和一般經紀人買了三盞吃了那婦人便安排晚飯與他吃了當晚無話次日飯後武大只做三兩扇炊餅

安在担兒上這婦人一心只想着西門慶那里來理會武大的做多做少當日武大挑了担兒自出去做買賣這婦人巴不得他出去了便踅過王婆茶房裡來等西門慶且說武大挑着担兒出到紫石街巷口迎見鄆哥提着籃兒在那里張望武大道如何鄆哥道還早些個你自去賣一遭來那廝七八也將來也你只在左邊處伺候不可遠去了武大雲飛也似去街上賣了一遭兒回來鄆哥道你只看我籃兒撇出來你便飛奔入去武大自把担兒寄了不在話下有詩爲証

虎有倀兮鳥有媒　暗中牽陷自狂爲
鄆哥指計西門慶　戲殺王婆撮合奇

且說鄆哥提着籃兒便走入茶坊里來向王婆罵道老猪狗你

昨日為甚麼便打我那婆子舊性不改便跳起身來喝道你這小猢猻老娘與你無干你如何又來罵我鄆哥道便罵你這馬伯六做牽頭的老狗肉直我⿱髟巴⿱髟巴那婆子大怒揪住鄆哥便打鄆哥叫一聲你打時把那手中籃兒丟出當街上來那婆子却待揪他被這小猴子叫一聲你打時就打王婆腰里帶個住看着婆子小肚上只一頭撞將去險些兒不跌倒却得壁子碍住不倒那猴子死命頂在壁上只見武大從外裸起衣裳大踏步直搶入茶坊裡來那婆子見是武大來得甚急待要走去阻當時却被這小猴子死力頂住那裡肯放婆子只叫得武大來也那婦人正和西門慶在房里做手脚不迭先奔來頂住了門這西門慶便僕（爬）入床下去躲武大搶到房門首用手推那房門時

那里推得開口里只叫做得好事那婦人頂着門慌做一團口
里便說道你閑常時只好鳥嘴賣弄殺好拳棒臨時便沒些用
兒用了個紙虎兒也嚇一交那婦人這幾句話分明交西門慶
來打武大奪路走西門慶在床底下聽了婦人這些話題醒他
這個念頭便鑽出來說道娘子不是我沒本事一時間沒這智
量便來拔開拴叫聲不要來武大却待揪他被西門慶早飛起
脚來武大矮短正踢中心窩撲地望後便倒了武大打鬧一直
走了鄆哥見頭勢不好也撇了王婆撒開跳了那街坊隣舍都
知道西門慶了得誰敢來管事王婆當時就地下扶起武大來
見他口裡吐血面皮蠟楂也似黃了便叫那婦人出來舀碗水
救得甦醒兩個上下肩攙着便從後門扶歸中樓上去安排他

床上睡了。當夜無話。次日西門慶打聽得沒事。依前自來王婆家。和這婦人做一處。只指望武大自死。武大一病五日不出。勿起。更兼要湯不見。要水不見。每日叫那婦人又不應。只見他濃粧艷抹了出去。歸來便臉紅。小女迎兒又吃婦人禁住。不得向前。嚇道小賤人你不對我說。與了他水吃。都在你身上。那迎兒見婦人這等說。又怎敢與武大一點湯水吃。武大幾遍只是氣得發昏。又沒人來采問。一日武大叫老婆過來分付他道。你做的勾當。我親手又捉着你奸。你倒挑撥奸夫踢了我心。至今求生不生。求死不死。你們却自去快活。我死自不妨。和你們爭執不得了。我兄弟武二。你須知他性格。倘或早晚歸來。他肯干休。你若肯可憐我。早早扶得我好了。他歸來時。我都不提起。你若不看顧我時待他歸來却和你們說話這婦人聽了也不回言却踅過王婆家來一五一十都對王婆和西門慶說了那西門慶聽了這話似提在冷水盆內一般說道苦也我須知景陽崗上打死大蟲的武都頭他是清河縣第一個好漢我如今却和娘子眷戀日久情孚意合拆散不開據此等說時正是怎生得好却是苦也王婆冷笑道我倒不曾見你是個把舵的我是個撑船的我倒不慌你倒慌了手腳西門慶道我枉自做個男漢到這般去處却擺布不開你有甚麼主見遮藏我們則個王婆道既要我遮藏你們我有一條計你們却要長做夫妻要短做夫妻西門慶道乾娘你且說如何是長做夫妻短做夫妻王婆道若是短做夫妻你每只就今日便分散等武大將息好了起

來。與他陪了話。武二歸來、都沒言語、待他再差使出去、却又來
相會、這是短做夫妻。你們若要長做夫妻、每日同在一處、不躭
驚受怕、我却有這條妙計、只是難教你們。西門慶道、乾娘周旋
了我們則個、只要長做夫妻。王婆道、這條計、用着件東西、別人
家里都沒。天生天化、大官人家、却有西門慶道、便是要我的眼
睛、也割來與你。却是甚麼東西。婆子道、如今這搗子病得重、趁
他狠狠好下手。大官人家里取些砒霜、却交大娘子自去贖一
貼心疼的藥來、却把這砒霜來下在裡面、把這矮子結果了他
命。一把火燒得乾乾净净。沒了踪跡。便是武二回來。他待怎的。
自古道、幼嫁從親、再嫁由身。小叔如何管得、暗地裡來往、半年
一載、便好了。等待夫孝滿日。大官人一頂轎子娶到家去、這個

不是長遠做夫婦。諧老同歡。此計如何。西門慶道。乾娘。此計甚妙。自古道。欲求生快活。須下死工夫。罷罷罷。一不做二不休。王婆道。可知好哩。這是剪草除根。萌芽不發。若是剪草不除根。春來萌芽再發。却如何處置。大官人。往家去快取此物來。我自教娘子下手。事了時。却要重重謝我。西門慶道。這個自然。不消你說。有詩為証。詩曰

雲情雨意兩綢繆　戀色迷花不肯休
畢竟世間有此事　武大身軀喪粉頭

且說西門慶去不多時。包了一包砒霜。遞與王婆收了。這婆子看着那婦人。大娘子。我教你下藥的法兒。如今武大不對你說交你救活他。你便乘此機。把些小意兒貼戀他。他若問你討藥。

吃時。便把這砒霜。調在這心疼藥裡。待他一覺身動。你便把藥灌將下去。却便走了起身。他若毒氣發時。必然腸胃迸斷。大叫一聲。你却把被一蓋。都不要人聽見。緊緊的按住被角。預先燒下一鍋湯。煑着一條抹布。他若毒發之時。七竅內流血。口唇上有牙齒咬的痕跡。他若氣斷了。你便揭起被來。却將煑的抹布。只一揩。都揩沒了血跡。便入在材里。扛出去燒了。有甚麼了事。那婦人道。好却是好。只是奴家臨時手軟了。安排不得屍首。婆子道。這個易得。你那邊只敲壁子。我自就過來幫扶你。西門慶道。你們用心整理。明日五更。我來討話。說罷。自歸家去了。王婆把這砒霜。用手撚爲細末。遞與婦人。將去藏了。那婦人回到樓上。看着武大。一絲沒了兩氣。看看待死。那婦人坐在床邊假哭。武大你做甚麼來哭。婦人拭着眼泪道。我的一時間不是乞那西門慶駒騙了。誰想脚踢中了你心。我問得一處有好藥。我要去贖來醫你。只怕你疑忌。不敢去取。武大道。你救得我活。無事了。一筆都勾。並不記懷。武二來家。亦不題起。你快去贖藥來救我則個。那婦人拏了銅錢。逕來王婆家裡坐地。却交王婆贖得藥來。把到樓上。交武大看了。說道。這貼心疼藥。太醫交你半夜裡吃。吃了倒頭一睡。把一兩床被。發些汗。明日便起得來。武大道却是好也。生受大嫂。今夜醒睡些。半夜裡調來我吃。那婦人道你放心睡。我自扶持你。看看天色將黑了。婦人在房裡點上燈。下面燒了大鍋湯。拏了一方抹布。煮在鍋裡。聽那更鼓時。却好正打三更。那婦人先把砒霜傾在盞內。却舀一碗白湯來。把到樓上。却叫大哥。藥在那里。武大道。在我蓆子底下。枕頭邊你快調來與我吃。那婦人揭起蓆。將那藥抖在盞子里。把那藥帖安了。將白湯冲在盞里。把頭上銀簪兒只一攪。調得勻了。左手扶起武大。右手便把藥來灌。武大呷了一口。說道大嫂這藥好難吃。婦人道。只要他醫治病好。管甚麽難吃易吃。武大再呷第二口時。被這婆娘就勢只一灌。一盞藥都灌下喉嚨去了。那婦人便放倒武大。慌忙跳下床來。武大哎了一聲。說道大嫂吃下這藥去。肚裏倒疼起來。苦呀苦呀。倒當不得了。這婦人便去脚後扯過兩床被來。沒頭沒臉只顧蓋。武大叫道。我也氣悶。那婦人道。太醫分付。教我與你發些汗。便好得快。武大要再說時。這婦人怕他掙扎。便跳上床來。騎在武大身上。把手緊緊地按住被

角那里肯放些鬆寬正似
油煎肺腑。火燎肝腸。心窩裡如雪刃相侵。滿腹中似鋼刀亂
攪。渾身氷冷。七竅血流。牙關緊咬。三魂赴枉死城中。喉管枯
乾。七魄投望鄉臺上。地獄新添食毒鬼。陽間沒了捉奸人。
那武大當時。哎了兩聲。喘息了一回。腸胃迸斷。嗚呼哀哉身體
動不得了。那婦人揭起被來。見了武大咬牙切齒。七竅流血怕
將起來。只得跳下床來。敲那壁子。王婆聽得。走過後門頭咳嗽。
那婦人便下樓來。開了後門。王婆問道。了也未。那婦人道了便
了了。只是我手脚軟了。安排不得。王婆道有甚麽難處我幇你
便了。那婆子便把衣袖捲起。舀了一桶湯。把抹布撇在裏面。掇
上樓來。捲過了被。先把武大嘴邊唇上都抹了。却把七竅淤血。

痕跡拭淨便把衣裳蓋在身上兩個從樓上一步一擡扛將下來就樓下將扇舊門停了與他梳了頭戴上巾幘穿了衣裳取雙鞋襪與他穿了將片白絹蓋了臉揀床乾淨被蓋在死屍身上却上樓來收拾得乾淨了王婆自轉將歸去了那婆娘却號號地假哭起養家人來看官聽說原來但凡世上婦人哭有三樣有淚有聲謂之哭有淚無聲謂之泣無淚有聲謂之號當下那婦人乾嚎了半夜次早五更天色未曉西門慶奔走討信王婆說了備細西門慶取銀子把與王婆教買棺材津送就叫那婦人商議這婆娘過來和西門慶說道我的武大今日已死我只靠着你做主大官人休是網巾圈兒打靠後西門慶道這個何須你說費心婦人道你若負了心怎的說西門慶道我若負了

心。就是你武大一般。王婆道。大官人且休閑說。如今只有一件事。要緊地方。天明就要入殮。只怕被仵作看出破綻來怎了。團頭何九。他也是個精細的人。只怕他不肯殮。西門慶笑道。這個不妨事。何九我自分付他。他不敢違我的言語。王婆道。大官人快去分付他不可遲了。西門慶把銀子交付與王婆買棺材。他便自去對何九說去了。正是三光有影遺誰繫。萬事無根只自生

畢竟西門慶怎的對何九說。要知後項如何。且聽下回分解。

雪隱鷺鷥飛始見　柳藏鸚鵡語方知